講談社文庫

ラインの虜囚

田中芳樹

JN166354

講談社

ラインの虜囚／目次

ラインの虜囚《りよしゆう》

第一章

コリンヌは奇妙な命令を受け パリで勇敢な仲間をあつめる

I

室内は薄暗かった。

夜ではなく、厚いカーテンが閉ざされているわけでもないが、十一月にはいったパリの街は、低くたれこめた雲の下で、街全体が灰色に沈みこんでいる。まして、その部屋は、広くて天井も高いが、壁の色は暗い。重々しい雰囲気だが、同時に息苦しかった。

明るい色あいといえば、暖炉《だんろ》に燃える炎だけで、ときには赤く、ときには黄金色《おうごんいろ》にゆらめいている。

「わしのことは知っておるな」

沈黙を破ってそういったのは、大きな車椅子《くるまいす》にすわっている老人だった。ひざの上に毛布をかけている。白い髪と口髭《くちひげ》に黒い眉《まゆ》、やせているが眼光は鋭い。

老人に問いかけられたのは、五歩ほど離れて正面に立っている人物だった。男の服を着て、濃い茶色の髪は後頭部でたばねている。少年のように見えたが、発した声は少女のものだった。

「存じております」

「ほう、口のききかたは知っておるようだな。よかろう、では、わしが何者か、知っていることをいうてみい」

少女は声の調子をととのえた。

「あなたはギイ・ド・ブリクール伯爵《はくしゃく》とおっしゃいます。わたしの祖父です」

「後半はよけいだ。わしはお前を孫娘だなどと認めてはおらん」

いらだたしげに老人が片手を振ると、ひるまずに少女はいい返した。

「わたしの父はモーリス・ド・ブリクールです。彼はあなたの息子です。ですから、わたしはあなたの孫娘にまちがいありません」

車椅子がきしんだ。よほど興奮したのか、老人が立ちあがろうとして失敗したのだ。

「名を聞くのも汚らわしいわ、モーリス、あの親不孝者めが」

老人は声をふるわせた。

「自由主義思想とやらにかぶれて、大学を途中でやめたあげく、カナダなんぞに出奔《しゅっぽん》しおって。しかも、あろうことか、彼《か》の地で野蛮人の女と結婚して、家名をはずかしめおった」

少女の顔が怒りで赤くなり、両眼にいなずまがひらめいた。大きな声で抗議する。

「わたしの母は先住民です。野蛮人ではありません！」

老人は聞こえないふりをした。

「それで、わしの不肖《ふしょう》の息子が野蛮人の女に産ませた子、そう、お前だ、お前の名は何というたかな」

「コリンヌと申します。十六歳です」

感情をおしころして少女が答える。ブリクール伯爵は、冷然と少女を見すえた。

「おまえと会うのは、これがはじめてだ。たしかにモーリスの署名した手紙を持ってはきたが、それ以外に、おまえの身分を保証するものは何もない」

「それで、伯父上《おじうえ》、いえ、伯爵閣下、どうやったら彼女を孫娘とお認めになりますか」

声の主は、壮年の男だった。伯爵の近くに立っているが、室内が暗いせいもあって、三十歳か四十歳か、年齢がよくわからない。伯爵を「伯父上」と呼んだところを見ると、伯爵の甥《おい》らしい。コリンヌにとっては、父親の従兄弟《いとこ》ということになる。

「いまからそれを話すところだ。せかすな、マルセル」

ブリクール伯爵にひとにらみされて、マルセルと呼ばれた男は沈黙した。ブリクール伯爵はわざとらしくひとつ大きな咳《せき》をすると、ふたたびコリンヌという少女に向きなおった。

「で、今年はいったい何年だったかな、コリンヌ」

「一八三〇年です」

めんくらって、コリンヌが答える。老伯爵はわざとらしい動作でうなずいてみせた。

「そうだ、一八三〇年だ。とすると、生きておったら幾歳《いくつ》になるかな」

「わたしの父がですか？」

「お前の父親なんぞ、どうでもいいわ」

悪意をこめて、老伯爵は吐きすてた。コリンヌは怒りに頰《ほお》が熱くなった。伯爵は、孫娘のようすにはおかまいなしのように見える。

「マルセル、生きておったら幾歳になる」

「誰がですか」

辛抱づよい口調で、マルセルが問いかえす。ブリクール伯爵は答えた。

「ナポレオンがだ」

あまりに思いがけない名を聞いて、マルセルは目をみはった。コリンヌのほうは、それほど衝撃を受けなかった。カナダ生まれのコリンヌには、ナポレオンという名が、あまりぴんとこないのである。

「ナポレオン皇帝が、ですか」

「皇帝だと!? あの成りあがり者、狼《おおかみ》よりも悪辣《あくらつ》な簒奪者《さんだつしゃ》を、皇帝だなどと呼ぶな! おまえはそれでもフランス王国の臣民か!」

「し、失言でした、おゆるしください」

マルセルはハンカチで顔をなでまわした。

「ナポレオンはワーテルローの戦いの後、セントヘレナ島に流され、一八二一年に死去しました。年齢はたしか五十二歳でした。九年前のことですから、生きていれば六十一歳になります。ですが、そんなことを、なぜいまさらお尋《き》きになるのですか」

マルセルの問いに、老伯爵はすぐには答えず、暖炉の炎をにらんでいる。マルセルはわずかに肩をすくめると、コリンヌのほうに身を乗り出してささやいた。

「コリンヌ、君はナポレオンを知っているかね」

「名前は聞いたことがあります」

用心しながら、コリンヌは答えた。マルセルは彼女に教えた。

「ナポレオンは一八〇四年にフランスの皇帝になったんだ。モーリスが、つまり君のお父上がフランスを出てケベックへ渡ったのは、それより前のことだな」

「ええ、父はナポレオンという人のことを、有能な軍人でフランスのために多くの武《ぶ》勲《くん》を立てた、といってましたけど」

マルセルは小さく溜息《ためいき》をついた。

「そう、一八〇四年の時点では、そのとおりだったのさ。ところがそれだけではすまなかった」

ナポレオンは実力でフランスの権力をにぎり、皇帝の座についた。もともと王族ではなく、貴族でもなく、低い身分からのしあがったのだ。だからブリクール伯爵のように古い家柄の貴族は、ナポレオンを憎んだ。

老伯爵がうなり声をあげたので、コリンヌとマルセルは話をやめて姿勢をただした。

「六十一歳だとすれば、まだそれほど老いぼれる年齢ではない。わしより十五も若い」

「ですから、それがどうしたのですか、伯爵、ナポレオンは九年前に死んでいるのですよ」

「生きているという噂《うわさ》があるのだ」

老伯爵の両眼が赤く光ったように見えた。おそらく暖炉の炎が映ったのだろう。だが、それ以上に不吉で険悪な表情になったように、コリンヌには思えた。

マルセルが、あえぐような声をあげた。

「そんなばかな……いや、失礼しました、伯爵、ですがとうてい信じられません。ナポレオンは九年前に死んでいます」

マルセルがくりかえすと、老伯爵は白い口髭の下で口もとをゆがめた。

「マルセル、お前はナポレオンが死んだのをその目で見たのか？」

「見ているはずがないでしょう。ナポレオンはセントヘレナ島で死んで、遺体もあの島に埋葬されているのですから」

「セントヘレナ島ってどこにあるんですか」

そうコリンヌがたずねると、マルセルが説明した。

「セントヘレナ島は南大西洋《みなみたいせいよう》のどまんなかにある。絶海の孤島というやつだよ。ヨーロッパの港からは、船で二ヵ月もかかる」

「ナポレオンという人は、そこで亡くなったんですね」

「ああ」

マルセルの返事は短かった。ブリクール伯爵が口を出す。

「さっきからいっておるだろう。誰も見た者はおらん、とな」

「ですが証人が何人もいますよ」

「やつらが全員しめしあわせて、嘘《うそ》をついていたとしたらどうする？」

マルセルは口をあけたまま答えない。老伯爵は目を閉じた。しばらくして目を開くと、まったくくちがったことをいいはじめた。

「パリから東北東へ、ざっと百里《リーグ》、ライン河の東岸に、古い塔が建っておる。『双角獣《ツヴァイホルン》の塔』と呼ばれておってな、十字軍《じゅうじぐん》の時代に建てられたものだ」

「十字軍……？」

「まあ、だいたい七百年ぐらい昔のことだよ」

と、マルセルがコリンヌに教える。それにはかまわず、伯爵は話をつづけた。

「その塔に、ナポレオンが生きて幽閉《ゆうへい》されている、というのだ。パリの内外で、ナポレオン派《ボナパルティスト》の残党どもが、いろめきたっておる。七月の革命さわぎで国王が交替したとき、ナポレオン派の残党どもは、ナポレオンの息子か甥を皇帝にしたかったのだ。だが、それは失敗した。もしナポレオン本人が生きているということになれば……」

伯爵は怒りと不安をこめて、ひざにかけた毛布を強くつかんだ。

「わがブリクール伯爵家の財産がどれくらいあるか、コリンヌ、おまえは知るまい。ざっとかぞえて五千万フランというところだ。もちろん、このサンジェルマン街にある館もふくまれておる」

（註　当時の一フランは、現代の日本でだいたい千円の価値がある。また一フランは二十スーで、一スーは約五十円というところ）

ブリクール伯爵とマルセルの視線が、コリンヌの顔に集まった。コリンヌは沈黙していた。何といっていいか、わからなかったのだ。五千万フランという金額は、あまりに巨大で、コリンヌにはまったく実感がわかない。

「わがブリクール伯爵家は、由緒ある名門だ。当然、ナポレオンごとき成りあがり者とは敵対してきた。わし自身、ナポレオンめの最盛期には、イギリスに亡命せざるをえなかったのだ。もし、ナポレオンめが復活して、またぞろ玉座を自分のものにしたら……」

老伯爵は歯をかみ鳴らした。年齢の割には丈夫そうな歯だ。

「コリンヌ、おまえがわしの孫だというなら、行動でそれを証明してみろ。ライン河までいき、『双角獣《ツヴァイホルン》の塔』に幽閉されているという人物の正体をしらべるのだ。おまえがそれをやってみせたら、孫として認めてやる。どうだ、やるか？」

コリンヌはしばらく考えこんだが、伯爵を正面から見すえてきっぱりと答えた。

「やります」

「よろしい、では、おまえに五十日やろう。パリで準備をととのえるのに十日。その間に、馬やら武器やら、必要なら仲間を集めるがいい」

「仲間を、ですか」

「何もお前ひとりでライン河までいけとはいうとらんぞ。もちろん、ひとりでいきたければ、そうしてもかまわんが」

「わかりました。仲間をあつめます」

「よし、つぎにパリを出発してライン河に着くまで十五日だ。ライン河に着いて、真相をたしかめるのに十日。調査がすんでパリへ帰ってくるまで十五日。合計して五十日という計算になる」

伯爵はマルセルの顔を見た。

「マルセル、今日は十一月の何日だったかな」

「十一月五日です。今日から五十日後というと、十二月二十五日、ちょうど降誕祭《ノエル》ですね」

フランスでは、クリスマスのことをノエルと呼ぶのである。ブリクール伯爵は大きくうなずいた。

「よかろう。十二月二十五日、降誕祭《ノエル》当日の正午を刻限とする。それまでに帰ってくれば、ブリクール家の家督《かとく》、爵位《しゃくい》、財産、何もかもすべてお前のものだ、コリンヌ。おまえはフランス全体でも何人かしかいない女伯爵のひとりになるというわけだ」

コリンヌは頭を横に振った。

「わたしは爵位も領地も財産もいりません。わたしの故郷はカナダなんですから。わたしはただ、父の名誉を守りたいだけです。おわかりいただけますか？」

老伯爵はコリンヌの顔から目をそらし、毒々しく笑った。

「財産はいらん、か。誰でも最初はそういう。口先だけではな。だが、いざ財産の実物を見ると、目がくらんで、誇りも意地も放り出すものだ」

憤慨《ふんがい》したコリンヌが反論しようとしたとき、書斎の扉が強くたたかれた。マルセルが歩み寄り、コリンヌの視線をさえぎるような形で扉を小さく開けた。扉の外に立つ誰かと小声で何やら話すと、ブリクール伯爵を肩ごしに見やる。

老伯爵はうなずき、コリンヌに命じた。

「今日はもう帰れ。パリを出立《しゅったつ》するまでに、旅費はとどけてやる」

コリンヌは言葉をのみこんで一礼した。

II

コリンヌが父の訃報《ふほう》をたずさえ、カナダのケベック市から船でパリに渡航したのは、一八三〇年の秋も深いころだった。北国の港はすでに半分、凍結しており、コリンヌの乗った帆船は、出港するまで半日がかりで氷をたたき割らなくてはならなかった。

大西洋を渡る船のなかでは、他にやることもなく、コリンヌは歴史の本を持ちこんで、ヨーロッパのことを勉強した。

コリンヌの父親モーリスは、一八〇三年にカナダに移住している。それまで直接、体験したり見聞したりしたことは、コリンヌに教えてくれた。だが、一八〇三年から一八三〇年まで、二十七年間のことは空白になっているのだ。

勉強してわかったことは、その二十七年間に、ヨーロッパは大きく変わった、ということである。それも、極端にいうと、たったひとりの男が変えてしまったのだ。

男の名はナポレオン・ボナパルト。

ナポレオンについては、いくつも伝記が出ているから、この物語ではくわしく記さない。ただ、身分の低かった彼が、実力でフランスの皇帝となり、多くの国々を征服したことで、全ヨーロッパがひっくりかえったことはたしかだ。

「身分なんて関係ない。実力さえあれば、のしあがることができるんだ」

ということに、みんなが気づいてしまった。

ナポレオンが全ヨーロッパをひっくりかえしたことで、文化や芸術も大きな刺激を受けた。文学ではゲーテ、バイロン、バルザック、ユゴー、スタンダール、シラー、音楽ではベートーベン、シューベルト、ロッシーニ、メンデルスゾーンらがあらわれて、あたらしい世界を切り開いた。他にいちいち名前をあげてはいられないが、「石を投げれば、偉人伝の主人公にあたる」という時代だったのだ。

全ヨーロッパで人々のエネルギーが爆発し、煮えくりかえっていた。ナポレオンが死去して、各国の王や宰相《さいしょう》たちはほっとしたが、人々のエネルギーはいっこうに静まらない。ナポレオンの死後九年たって、ついにフランスがもう一度、爆発する。

七月革命。

それは一八三〇年のフランスを、さらには全ヨーロッパをゆるがす大事件であった。

そのころフランスを統治していたのは国王シャルル十世で、すでに七十三歳になっていた。有名なフランス大革命のとき処刑されたルイ十六世の弟にあたる。

大革命のとき、さんざん苦労し、こわい目にもあった、と自分では思いこんでいたので、シャルル十世は、革命をすべて否定しようとした。世の中をすべて、革命以前の時代にもどそうとしたのだ。

とくにシャルル十世は議会がきらいだった。

「朕《ちん》は国王として正しい政治をおこなっているのだから、いちいち議会の許可など得る必要はない。だいたい、国王のやることに議会が口を出すとは、なまいきな」

というわけである。

実際、シャルル十世は国王としてまじめに政治にとりくみはしたのだが、議会や国民の声を無視し、ごく一部の大貴族のいうことばかり聞いていては、結局うまくいくはずがない。国王を批判する新聞の発行を禁止し、国王に反対する議会を解散し、力ずくで自分の意見を押しつけたので、とうとう国民の怒りが爆発した。一八三〇年七月二十七日、パリ市民と国王の軍隊が衝突する。三日間にわたる戦闘で、軍隊は敗れ、シャルル十世は生命《いのち》からがらイギリスに亡命した。

こうしてルイ・フィリップ王が即位した。彼は五十七歳になっており、王族としてやはり大革命のときには苦労した。財産がなくなったので、家庭教師をして生活費をかせいだこともある。自分で働いた経験があるので、あまりぜいたくもせず、善良な人物として、フランス国民にも人気があった。顔の上半分が細いのに、下半分がふくらんでいて、全体として洋梨のような顔をしていた。だから、当時の画家たちは、ルイ・フィリップ王の似顔絵を描くとき、まず洋梨の形を描いて、そのなかに目や鼻や口を描きこんだといわれる。

とりあえずルイ・フィリップ王の即位で、フランスの情勢はおちついた。といいたいところだが、じつは多くのことがうやむやになってしまい、革命が中途半端に終わって、不満をいだく人もあちらこちらにいた。とくに貧しい労働者たちの不満は強かった。

「革命といったって、資本家が大貴族を追い出しただけだ。あたらしい金持ちが、古い金持ちに勝っただけだ。あたらしい国王だって？　フランスに国王なんていらない。共和制にすればいいじゃないか」

コリンヌが大西洋を渡って到着したとき、フランスはそのような状態だった。あちこちに火種がくすぶっており、こげくさい匂《にお》いが国じゅうに立ちこめていた。

もしナポレオンが生きていて、小さな火種を手にしたら、フランス全土が燃えあがるにちがいないのだ。

III

このころフランスの総人口は約三千万人、パリの人口は八十万人ぐらいといわれている。

パリの市街は高い壁でぐるりとかこまれていた。門がいくつかあって、その門をくぐらないかぎり、市内にはいることも市外に出ることもできなかった。

いったん旅館《オテル》に帰ったコリンヌは、パンとポトフの食事をすませると、あらためて服装をととのえた。シャツの胸ポケットに旅券をいれ、上着を着てしっかりボタンをかける。

コリンヌはカナダからフランスへやってきたのだが、この時代、フランス人がフランス国内を旅行するときにも、かならず旅券を持っていなくてはならなかった。ただ一枚の紙きれにすぎないが、それを持っていないというだけで逮捕されて牢獄《ろうごく》に放りこまれるのだ。

旅館《オテル》を出ようとすると、親切そうな主人が声をかけた。

「暗くなってからは、あまり出歩かないほうがいいよ。物騒だからね」

「ありがとう、でも用《メルシー》があるんで」

用があるのはほんとうだった。コリンヌは、いっしょにライン河にまでいってくれる仲間を探さなくてはならないのだ。ただ、まったく、あてはない。コリンヌが外出したのは、気分が昂《たか》ぶっていて、すぐには眠れそうもなかったからである。

外に出ると、街灯の明かりが彼女を照らした。

街灯といっても、りっぱなガス灯が立つのは大通りだけだ。路地にまわるとおそまつなものだった。柱から柱へロープを渡し、そこにランプを懸《か》けただけである。いたずらのつもりで石を投げてランプを割りでもしたら、厳罰に処せられた。割れたランプから火や油がもれ出したら、火事になってしまうからだ。

道がせまく曲がりくねり、建物がひしめきあったパリの街で、火事ほどおそろしいものはない。

コリンヌはパリの街にくわしくなかった。そもそもフランスに来たのがはじめてなのだ。だから、自分が安全な旅館《オテル》を出て、しだいに危険な地区へと近づいていくのもわからなかった。劇場がいくつかあって、窓からは光がもれ、人声もしてにぎやかそうな通りが、「犯罪通り」と呼ばれていることも知らなかったのだ。

コリンヌの足がとまった。劇場らしい建物の裏口から、大きな黒い影があわてたようすで飛び出し、ぶつかりそうになったのだ。

それは若い男だった。大男だ。背が高く、肩幅が広く、胸も厚い。高価そうな服を着こんでいるが、帽子はかぶっていない。ちぢれた黒い髪がむき出しになっている。

「やあ、美しいお嬢さん《マドモアゼル》」

若い大男は陽気な声を出した。返事をせずにコリンヌはふたたび歩き出した。なれなれしく声をかけられたのも心外だったし、男の服を着ているのに、ひと目で女と見ぬかれたのにもおどろいたのだ。

「待ってくれ、マドモアゼル。どうやら君は美しいだけでなく、心も正しい人のようだ。ぼくの目に狂いはない。君は、こまっている者を見すてることができない人だ」

コリンヌが足をとめると、若い大男は追いついてきた。

「どうか、かくまってくれないか。ぼくはいま追われているんだ。もし、やつらにつかまったら、ひどい目にあわされる」

コリンヌはあらためて若い大男を見た。悪い人間のようには見えなかった。

「誰があなたを追っかけてるの？」

「この世でもっとも悪辣なやつらだよ」

「殺人犯？　奴隷商人《どれいしょうにん》？」

「うーん、ま、似たようなもんだ。地獄からの使者と呼びかえてもいい。とにかく、かくまってくれたら恩に着るよ。どうか助けてくれないか」

あまりに急な話だ。コリンヌが心をさだめられずにいると、若い大男の背後で、荒々しい人声と靴音がわきおこった。街灯の光のとどかない闇《やみ》のなかを近づいてくる。ひとりではないようだ。

「あのやろう、どこへいきやがった。今日こそ逃がさんぞ」

「もうがまんできない。ひどい目にあわせてやる」

若い大男が狼狽《ろうばい》し、コリンヌを見て、救いを求める表情をした。もう迷ってはいられない。コリンヌは周囲を見まわし、空《から》になった葡萄酒《ぶどうしゅ》の大樽《おおだる》がころがっているのに目をつけた。

若い大男を建物の壁ぎわにしゃがませると、コリンヌは全力をふるって樽をおこし、彼の身体《からだ》にかぶせた。自分はすばやく樽にとびのり、その上にすわりこむ。両足をぶらぶらさせているコリンヌの前を、ふたりの男が血相を変えて走りすぎた。コリンヌをちらりと見たようだが、体格がちがいすぎるからか、疑いもしなかったようだ。

三十ほど数をかぞえてから、コリンヌは地上にとびおり、樽の端を持ちあげて、若い大男を外に出してやった。

「もうだいじょうぶだよ」

「やれやれ、助かった。君のおかげだよ、ありがとう、マドモアゼル」

「それはいいけど、あの人たち、殺人犯にも奴隷商人にも見えなかったなあ。どういう人たち？」

「借金取りと編集者だ」

いまいましげに、若い大男は石畳に唾《つば》をはいた。コリンヌはまばたきした。

「借金取りって……あなたはあの人たちにお金を借りてたわけ？」

「とにかく助かった。ぼくの名前はアレクサンドル・デュマだ。アレクとでも呼んでくれ」

「そう、はじめまして、わたしはコリンヌ・ド・ブリクール」

少女の態度を見て、アレクと名乗った若者は、ふしぎそうな表情をした。

「君、ぼくの名前を聞いて、何とも思わないのかい」

「べつに変な名前だとは思わないけど、気にしてるの？」

「いや、気にしてるわけじゃなくてさ、君、ぼくの名を知らないの？」

「知らない」

「ああ、何と不幸な少女だ。アレクサンドル・デュマの名を知らないなんて！　ほんとうに知らないのかい」

「知らない」

もう一度コリンヌが断言すると、若い大男はおおげさに髪をかきむしった。

「そりゃ、君、失礼だが、ものを知らないにもほどがあるぞ。いいかい、君はいまフランスが生んだ文学史上最大の天才作家と話をしてるんだ。アレクサンドル・デュマとね！」

めんどうくさくなって、コリンヌは、アレクの言葉をさえぎった。

「で、その天才作家が、どうして追われることになったわけ？」

「なあに、ささいなことさ。今日は十一月五日だろ」

「そうだけど」

「十月三十日が原稿の締切日だったんだ。それは同時に、借金を返済する期限の日でもあった。そこでぼくは、やつらに約束したのさ。十月三十日に編集者に原稿を渡す。引きかえに原稿料をもらって、それを借金取りに渡す。いっぺんに解決するはずだったが、原稿ができなかった。当然、原稿料はもらえず、借金も返せない。たったそれだけのことさ」

あきれかえって、コリンヌは、天才作家と自称する若い大男を見すえた。

「何だ、それなら悪いのはあなたじゃないか。約束を破って原稿もしあげない、借金も返さない、それじゃ誰だって怒るよ。追っかけるのがあたりまえだ。助けなければよかった」

アレクは、しぶい表情になった。

「いや、マドモアゼル、君もずいぶん短気な人だな。結論をいそぐ前に、もっと世のなかのことを勉強したまえよ。だいたい作家に締切を守らせようなんて、それこそ神をも恐れぬふるまいじゃないか。悪いのはやつらのほうさ」

無言でコリンヌは歩き出した。アレクもあわてて彼女を追う。

「安心してくれ。ぼくは借りは忘れても恩は忘れない。コリンヌといったね、もし君がこまっていることがあったら、遠慮なくいってくれ。お金以外のことだったら力になってあげるから」

「あるけど、おかまいなく」

「どうして」

「あなたにしゃべっても、役に立ちそうもないから」

コリンヌがいうと、アレクは不服そうな目つきをした。

「おいおい、話もせずに決めつけるのはどうかな。ぼくは世紀の天才だぞ。こう、すわっているだけで、名案が泉のごとくわきおこるのだ。いや、自分でもこわくなるぐらいさ」

「だったら、さっさと原稿を書いたら？」

アレクは太い腕を組んでうなった。

「うーむ、コリンヌ、君はずいぶん優秀な編集者になれるぞ。それはつまり、悪魔に魂を売るということで、人間としてはよくないことだがな。あ、ちょっと、待ってくれ」

コリンヌがさっさと歩き出したので、アレクはあわてて自分も歩き出した。

Ⅳ

ふと、街灯の光がまともにアレクを照らし出した。

アレクは人のよさそうな黒い目をしていた。肌も浅黒い。「ついてこないで」といおうとして、コリンヌはべつの言葉を発した。

「あなたはもしかして混血？」

「わかるかい。ぼくの父の母親、つまり祖母はアフリカの出身だった。ぼくの情熱的な性格と、あふれるばかりの才能は、アフリカの太陽から授《さず》けられたのさ」

コリンヌは、くすりと笑った。天才と自称する若い大男は、どうにも憎めない。

アレクはうれしそうに両手をもみあわせた。

「おや、笑ったね。うん、そのほうがずっといいぞ、コリンヌ。それはそれとして、ひょっとしたら君も混血じゃないか？」

「そう、わたしの母はカナダの先住民なの」

「カナダ・インディアンか」

「そのいいかたは不正確ね。インド人《インディアン》じゃないもの」

「そ、そうか、すまない」

アレクはあやまったが、そんなことよりコリンヌには気になることがあった。

「気づかない？　アレク」

「え、何を？」

「つけられてるよ」

コリンヌの声は冷静だったが、アレクはぎょっとして周囲を見まわした。街灯の光は闇の奥までとてもとどかず、どこに何がひそんでいるかわからない。

「さっきのやつらか。何てしつこい連中だ。まったく地獄からの使者だな」

「ちがうと思う」

「どうして？」

「借金取りや編集者より、ずっと危険な匂いがする」

「匂い……」

アレクは大きな鼻を犬みたいにくんくん鳴らした。このころパリの下町は、あまり清潔とはいえない。油の匂い、酒の匂い、ネコやネズミの死骸《しがい》の匂い、くさった生ゴミの匂い、煙突から吐き出される煙の匂い、ドブの匂いなどがいりまじっている。古い大小の家が密集し、街路もせまくまがりくねっているので風通しも悪い。広大なカナダで生まれ育ったコリンヌにすれば、

「パリの人たちって、よくまあ、こんなところに住んで窒息《ちっそく》しないな」

と感心したくなるくらいだ。

コリンヌが感じとった匂いは、むしろ気配というべきだろう。闇のなかを忍び寄ってくる靴音、荒々しい呼吸、棍棒《こんぼう》が建物の壁とすれあう音、そういったものが集ま

り、コリンヌとアレクにせまってくるのだ。

その危険な気配に、コリンヌが走り出そうとした寸前、べつの気配があらわれた。

ゆったりした、しかも規則ただしい靴音。石畳を突くステッキのひびき。

街灯の下に、ひとりの人物が姿をあらわした。年齢は四十代半ばというところで、コリンヌの亡き父親ぐらいだ。背が高く、すらりとした体形。きちんと山高帽《やまたかぼう》をかぶり、見るからに高価そうな服を着ている。若いころから今日まで、ずっと美男子で通ってきたにちがいない。洒脱《しゃだつ》なパリの富豪、という感じである。発した声は若々しく、とおりがよかった。

「若い女性がこんな場所をうろつくものではありませんぞ、マドモアゼル、まして夜、好んで危険なまねはなさらんことだ」

紳士はアレクの姿も見たはずだが、もっぱらコリンヌに声をかけてきた。ステッキをあげて、夜の街をぐるりと指《さ》す。

「このあたりは『暁の四人組《パトロン・ミネット》』と呼ばれる悪党たちに支配されている。マドモアゼルが殺されても、死体が発見されることはないだろうね」

その言葉を聞いて、またまたぎょっとしたのはアレクだ。コリンヌのほうは平気だった。「暁の四人組《パトロン・ミネット》」などカナダでは聞いたこともない。

「それ、どういう人たちですか？」

「熊みたいな大男のグールメール、もと舞台俳優だったというババ、いつも覆面をかぶって素顔を見せないクラクズー、それにまだ二十歳《はたち》にもなっていないモンパルナス」

「すごいね」

コリンヌは皮肉っぽく応じた。

「でも、みんなが正体を知ってるくらいなら、たいした悪党でもないような気がするけど」

「ふむ、おもしろいことをいうマドモアゼルだ。それにしても、こんなあぶない場所で何をしておいでなのかな」

「人をさがしてる」

「ほう、名前は？　よけいなお世話かもしれないが、役に立てるかもしれない」

「まだわからない」

コリンヌはそう答えたあと、すこし考えてからつけくわえた。

「勇敢で、ものずきで、ついでに暇な人」

紳士はコリンヌを見やって、興味深げに目を光らせた。

「それはもしかして私のことかな」

「暇だけはおありのようね」

皮肉っぽくコリンヌがいうと、紳士は愉快そうに笑ったが、すぐ笑い声をおさめた。ロープに吊《つ》るされたランプが夜風に揺れて、男たちの背後に光がとどいたのだ。そこにも男がひとりいた。黒っぽい外套《がいとう》を着こみ、肩から上には首がないように見えた。コリンヌは息をのんだが、紳士はおちついていた。

「黒い覆面をしている。とすると、クラクズーかな」

「そうじゃないかもしれない」

「というと？　マドモアゼル」

「クラクズーという人は、いつも覆面をしていて素顔がわからないわけでしょ？　だったら、ほかの人が覆面をすれば、クラクズーになりすますことができる」

「ほう？」

「逆にいうと、クラクズーは覆面をはずして、きちんとした服を着れば、りっぱな紳士に見えるかもしれない」

コリンヌの言葉に、紳士はまばたきし、また愉快そうに笑った。

「もしかして、マドモアゼル、この私がクラクズーだとでもいいたいのかね」

コリンヌは答えない。じっと紳士を見つめるだけだ。その間に、闇のなかからあらわれた男たちは、じわじわと包囲の環《わ》をせばめつつあった。街灯の弱々しい光がナイフの刃に反射し、棍棒の黒い影が石畳の上にゆれる。

アレクが一歩、後退した。ちらりとそれを見て、紳士は山高帽をぬいだ。

「私はラフィット。ジャン・ラフィットだ。よろしくお見知りおきを」

一礼したが、コリンヌはひややかだった。

「本名だと証明することができる？」

ラフィットと名乗った紳士は、苦笑して山高帽をかぶりなおした。

「この場で証明するのはむずかしいな。ああ、だが、信用してもらう方法はある」

「どんな方法？」

ラフィットは身体を半分まわし、闇のなかにうごめくいくつかの人影にステッキの尖端《せんたん》を向けた。

「あの男たちを、私の手でやっつける。それでどうだね」

「とてもすてきな方法ね。でも、できるかしら」

「まあ、やってみよう」

ラフィットと名乗った紳士は、かるく音をたてて、ステッキで強く石畳を突いた。

その音が合図になったかのようだった。男たちが、いまやはっきりと害意をあらわにして包囲の環をちぢめてきたのだ。ただひとり、黒っぽい布で顔をつつんだ人物だけが、二歩ほど後退した。

「やぼなことを尋《き》くようだが、君たちは、『暁の四人組《パトロン・ミネット》』のお仲間かね」

ラフィットが問いかける。議会で議員が発言するときのように、朗々《ろうろう》たる声だ。男たちは答えない。答えないのは肯定《こうてい》しているからだ、と、ラフィットもコリンヌも思った。

「だったら遠慮はいらんな」

ラフィットは男たちを見わたした。

「私は君たちが大きらいだ。君たちが悪党だからではない。悪党がいないと、世の中はずいぶん退屈になるからな。だが、君たちときたら……」

ラフィットは右手でステッキを突いていたが、さりげなく左手に持ち替えた。つまり右手を自由にしたのだ。

「弱い者から奪ってはいけない。貧しい者から盗んではいけない。武器を持たない者を殺してはいけない。それが悪党の美学というものだ。だが君たち、『暁の四人組《パトロン・ミネット》』ときたら、見境なしだからな。まことにもって醜いかぎりで、私はとてもがまんできないのだよ」

無法者たちは下品な笑い声をたてた。彼らのなかのひとりが、はじめて言葉を発した。

「てめえが何さまか知らねえが、えらそうにそんな説教をたれる資格があるのか」

「もちろん、あるとも」

ラフィットは断言し、小さくゆれるランプの光を受けながら、にやりと笑った。

「なぜなら私も悪党だからだ。イギリス、アメリカ、スペインと、三ヵ国の政府から首に賞金をかけられている。かなりの金額だ。自分で自分をつかまえて賞金をもらいたいくらいだよ」

「このホラ吹き野郎を、やっちまえ！」

荒々しく命令する声がして、無法者たちがいっせいにナイフや棍棒を振りかざす。

その瞬間、ラフィットの右手が上着の内側にすべりこんだ。引き出される。彼の右手には、いまや銃身の長い銀色の拳銃《けんじゅう》がにぎられていた。

轟音《ごうおん》は小さな落雷のようだった。男のひとりが悲鳴を放った。銃弾が彼のナイフの刃を撃ちくだき、さらに帽子を吹きとばしたからだ。

無法者たちは立ちすくんだ。

「さっさと逃げることだな」

ラフィットの声は余裕たっぷりだ。

「理由はふたつある。まず、いまの銃声を聞いて官憲《かんけん》が駆けつけてくる。つぎに、この銃は垂直二銃身拳銃《すいちょくにじゅうしんけんじゅう》というやつで、弾ごめしなくても、もう一発つづけて撃てるんだ」

ラフィットはかるく銃口を動かした。

「二発めは、わざとはずしてはやらんぞ。さあ、心臓を撃ちぬかれたい者は、まっさきに突進してこい」

「ちくしょう《モン・デュ》！」

ののしる声に、べつの声がかさなった。

「まずいぞ、引きあげろ」

おどろくほどの素早さだった。石畳に靴音が乱れ、闇の奥へ、たちまち遠ざかっていく。覆面をした男も逃げ去ったことだろう。ラフィットは拳銃をしまうと、コリンヌに声をかけた。

「さて、我々も長居は無用だ。さっさと引きあげようじゃないか」

我々？

コリンヌとアレクは首をかしげたが、ラフィットが身をひるがえして走り出すと、あわてて後を追った。鋭い笛の音や靴音が近づいてきたからだ。

「こっちへきたまえ」

ラフィットにみちびかれて、コリンヌとアレクは、いくつかの路地を駆けぬけ、いくつかの角をまがった。追ってくる靴音が、いつのまにか遠ざかっている。

セーヌ河にかかる石づくりの橋で、三人は足どりをゆるめた。初冬の月が青白くパリの街を照らして、三人の影が、白紙にのった影絵《シルエット》のように黒い。

ようやくコリンヌはラフィットに話しかけることができた。

「賞金がかかってるっていったけど……」

「ああ、マドモアゼル、気にしないでくれ。ここはフランスで、フランス政府は私の敵じゃないからね。ところで、そちらのお若い紳士は？」

「アレクサンドル・デュマといいます」

「ほう、君が有名なデュマ君か」

ラフィットはアレクを知っているようだ。

「ご存じなんですか」

アレクがうれしそうな表情をすると、ラフィットはステッキを肩にかつぎながら、

「もちろんだ。いま売り出し中の若手作家だろう」

「そうですそうです」

「たしか『クリスティナ女王』という劇の作者だろう。気の毒に、まるで客がはいらなかったそうじゃないか」

思わずコリンヌは笑い出し、アレクは思いきり頰をふくらませた。

「ぼくはそのあと『アンリ三世の宮廷』を書いて、大入り満員だったんですよ！」

「あはは、そうか、それは知らなかった」

「ひどいなあ」

橋を渡りきったところで、またしても荒々しい靴音がわきおこり、殺気立った男たちの一団が走ってきた。三人は建物の蔭《かげ》にかくれて、それをやりすごした。アレクが首をかしげる。

「また、さっきのやつらかな」

「だとすると、いささか執拗《しつよう》すぎるな」

眉をひそめながら、ラフィットは垂直二銃身拳銃を取り出した。もう一方の手で弾丸をズボンのポケットから取り出し、銃にこめる。笑いを消したその横顔は、鋭く引きしまって、冗談をいっているときとは別人のようだ。

居酒屋兼安宿の前だった。十人ばかりの若い男たちは、手に手に棍棒やナイフを振りかざして扉の前に立ち、店のなかへ向かってどなった。

「出てきやがれ、酔っぱらいめ！　今夜は生かして帰さねえぞ」

いきなり扉が開くと、何か大きなものが地面に放り出された。どさりと音をたてころがる。気絶した人間の身体だ。

若者たちが思わず跳びのくと、男がひとり、今度は立ったまま姿をあらわした。

V

男はラフィットとおなじぐらいの年齢に見えた。中背で、若いころは美男子だったかもしれない。灰色の髪はもじゃもじゃで、両方の耳は完全にかくれていた。

着ている服は古ぼけているが、もともとはりっぱなものだったようだ。ただ、ボタンがとれかけているし、どうやら酒をこぼしたらしい染みもある。

ラフィットのように瀟洒《しょうしゃ》な紳士ぶりではないが、口髭だけはきちんと整えている。右手には酒瓶《さかびん》があるが、割れて半分になっているところを見ると、どうやらそれでケンカ相手をなぐりつけたらしい。

「この死にぞこないの酔っぱらいめ！」

男をののしる声がして、若者たちの手にナイフがひらめいた。

男は恐れる色もなかった。酒くさい息を吐き出すと、軽蔑《けいべつ》しきった目つきで、何本ものナイフを見まわす。

「賭《か》けで負けたからといって、さかうらみするとは、なさけないやつらだな。おまえらが生まれる前から、吾輩《わがはい》はアウステルリッツやモスクワで死線をこえてきた。ナイフなど恐れると思っておるのか」

「だったらいまここで死なせてやらあ。パリで死ねることを感謝しな！」

若者のひとりがナイフをかまえ、姿勢を低くして突進した。ナイフの尖端が男の腹にとどくかと見えた、その瞬間、男は左足をかるく引いて身体《からだ》を開いた。目標を見うしなって、ナイフが空《くう》を突く。男は右手の瓶をすばやく振りおろし、若者の首筋を一撃した。若者は声もなく地面にくずれ落ちる。

ふたりめの若者が、悲鳴とともにナイフをとり落とした。男が割れた瓶を突き出し、若者の手首に切りつけたのだ。

三人めの若者が背後から躍《おど》りかかる。まるで背中に目がついているかのように、男は身をひるがえし、左手の拳《こぶし》を若者の顔面にたたきこんだ。四人めがふるった棍棒を、身をしずめてかわすと、股間《こかん》を蹴《け》りあげる。

あっというまに、四人の若者が地に這《は》っていた。

ラフィットが感歎《かんたん》の声をあげた。

「これはこれは、みごとなお手並みだ」

「でも、何だか息が切れかけてるみたい」

「まあ、むりもない。あれだけ酒を飲んでいては、呼吸がつづかんだろう」

ラフィットのいうとおりだった。寒い夜だというのに男は汗の玉を散らしていたが、足がもつれはじめたのだ。コリンヌは足を踏み出した。

「あの人を助ける」

「マドモアゼル、早まらないほうがいい」

ラフィットがステッキをあげて制止する。

「コリンヌは気が短いんですよ」

と、アレクがかるく両手をひろげる。ラフィットはうなずいた。

「私も同感だな。コリンヌといったね、君が助けようとしているあの男は、善人とも悪人ともわからない。もしかしたら犯罪者かもしれん。それなのに、なぜ、あの男を助けようとするのかね」

「あの人はひとりだ。相手は十人。事情は後で聞けばいい。いまは助けなきゃ。ステッキを借りるよ」

コリンヌは、ラフィットのステッキを半ばもぎとった。石畳の上を駆ける姿が、一瞬、森を駆けぬける鹿のように見えた。

ステッキが夜風を切った。しゃがみこんだ男の首すじにナイフを突き立てようとした若者が、大きくよろめいた。若者の頬に、ステッキがたたきこまれたからだ。おどろいて振り向いたもうひとりが、したたか右肩を打たれて、悲鳴まじりの罵声《ばせい》をあげる。

「ちくしょう《モン・デュ》！　仲間がいやがったのか」

「そのとおりだ」

一歩すすみ出たのはラフィットである。

「三人もいるぞ。さあ、どうする、諸君？」

「え、三人って、ぼくも？」

アレクは目を丸くしたが、臆病者《おくびょうもの》と思われるのは、いやだったらしい。ひとつ深呼吸すると、巨体を前へ進めた。思いきりおどしつける。

「さあ、天才作家の手で首の骨をへし折られたいやつは、遠慮なくかかってこい。フランス文学史上に、おまえらの名をのこしてやるぞ」

どうやら文学史上に名をのこしたい者はいなかったようだ。若者たちは二、三のすてゼリフをのこして、石畳の上を駆け去った。

コリンヌはステッキをラフィットに返すと、男を助けおこした。若い女性に対して、男は礼儀ただしかった。

「面目ない、マドモアゼル、お名前をうかがおう」

「わたしはコリンヌ・ド・ブリクール」

「私はジャン・ラフィットだ」

「吾輩は……」

名をいおうとして、男はためらい、いまは石畳にころがっている酒の瓶を見た。

「モントラシェ、そう、モントラシェと呼んでもらえばけっこう」

「ブルゴーニュ地方のご出身かな」

「そんなところだ」

おとなたちの会話の意味は、コリンヌにはわからなかった。わかったのは後日のことだ。

まだ名乗っていない三人めの人物がいる。モントラシェという男の前に立ち、胸を張って告げた。

「ぼくはアレクサンドル・デュマです」

「ふん」

「『アンリ三世の宮廷』の作者なんですよ」

と、コリンヌが口をそえる。モントラシェという男は冷たく首を横に振った。

「知らんな。絵にはくわしくないんでね」

「絵じゃなくて劇です！」

たまりかねてアレクが抗議する。

「だったら、もっと知らん」

アレクが肩を落とす。モントラシェはじろじろ彼の姿をながめた。

「若くてでかいの、おまえさんの父親はどういう人かね」

「ぼくの父は新大陸で生まれたんです。西インド諸島でね。父は軍人になって、エジプトやイタリアで戦いました」

アレクが答えると、モントラシェは目と口を丸くした。

「何だ、するとおまえさんはデュマ将軍のせがれか！　道理で、似ていると思った」

「え、あなたは父をご存じなのですか」

アレクが問い返すと、モントラシェは、なぜか最初、口ごもった。

「いや、なに、お前さんのお父上がデュマ将軍だとすれば、知らない者はおらんさ。敵から『黒い悪魔』と呼ばれて恐れられていた勇者だからな」

「あの……あなたはいったいどなたですか」

「モントラシェだといっただろう。もと軍人だった」

不機嫌そうに、モントラシェは答えた。それ以上、自分の素姓《すじよう》について語るつもりはなさそうだった。

「よかったら店にはいらんか。上等な店じゃないが、外で立ち話するよりはましだ」

店の主人が聞いたら気を悪くするようなことをいって、モントラシェは三人を案内した。奥まった席に着く。

まずコリンヌが口を開いた。

「あらためて自己紹介します。わたしはコリンヌ・ド・ブリクール。父の名はモーリス。カナダからきました」

そう前置きして、コリンヌは、祖父ブリクール伯爵の館であったことを、三人のおとなに話した。話の途中で、アレクは何度もおどろきの声をあげた。ラフィットはくりかえしてうなずいた。モントラシェは一度だけ眉をあげ、あとは沈黙して話に聞き入った。

「……というわけで、わたしはライン河までいって事の真偽《しんぎ》をたしかめ、降誕祭《ノエル》までにパリに帰ってこなくてはなりません。でも、パリやライン河どころか、ヨーロッパに来たのさえ、生まれてはじめてなんです。それで、信頼できる仲間を探しています」

運ばれてきた葡萄酒を前に、コリンヌはそう話をしめくくった。

「ひとりは探す必要はない。私がいこう」

ラフィットが身を乗り出した。

「ナポレオンが生きているって？　おもしろい。じつに興味深い。さっきもいったように、私は暇があって物好きで、それに勇敢でもある。信頼してくれればうれしいね」

「ふたりめも、探す必要はないぞ」

モントラシエが肩をゆすった。

「吾輩でよければ、マドモアゼルのおともをさせていただこう。すこしは役に立てるはずだ」

「あなたも信じますか、ナポレオンが生きているということを？」

コリンヌの問いかけに、モントラシェは鼻を鳴らした。

「ナポレオン皇帝が生きておられるって？　吾輩にいわせれば悪い冗談だな。吾輩は、この勇敢なマドモアゼルのお役に立ちたいだけさ」

「ありがとう《メルシー》」

コリンヌは感謝した。ラフィットとモントラシェがうなずくと、アレクも、葡萄酒のグラスを手にしたまま申し出た。

「コリンヌ、ぼくもいこう」

「アレクも？　ありがたいけど、締切のほうはいいの？」

「世の中には締切なんかよりだいじなことがあるんだよ。つまり友情と正義さ」

胸をそらしてアレクはそういったのだが、心のなかではべつのセリフをつぶやいていた。

「パリにいても、編集者と借金取りに追われるだけだからなあ。地獄にでも逃げ出したいくらいだ。ライン河をまだ見たことはないけど、地獄よりひどいということはないだろう。四、五十日、行方《ゆくえ》をくらましてからパリにもどれば、ぼくのありがたみがあいつらにもわかるだろうさ」

コリンヌが、明日にでもさっそく出立しようと思う、と告げると、モントラシェが首を横に振った。あわてることはない、というのだ。

「マドモアゼルは、パリで準備をととのえるために十日間もらったのだろう？　だったらそれを生かしたほうがいい。準備不足で戦いをはじめたら、ろくなことにならん」

「戦い？」

「お父上の名誉を守るための戦いだろう」

コリンヌは、意見を求めるようにラフィットを見やった。

「同感だね。私にも準備があるし、それに少々しらべておきたいこともある。十日間か。せいぜい有効に使わせてもらうとしよう」

あてがはずれたのはアレクだった。十日もパリにいれば、その間に、借金取りや編集者に見つかってしまう。

コリンヌを旅館《オテル》まで送るため、一同は立ちあがった。ラフィットが居酒屋の主人に代金を支払っていると、アレクが小声でたのんだ。

「ど、どうでしょう、あなたのお宅にぼくを泊めてもらえませんかね」

「かまわんが、君はずいぶん食費がかかりそうだなあ」

「そんなことといわずに。ぼくに親切にしておいたら、文学史に名がのこりますよ。何ならこの懐中時計《かいちゅうどけい》を売ってもいい。鎖が黄金《きん》なんです」

「だったら、好きにしたまえ」

コリンヌと三人の仲間が去ると、居酒屋の前は無人になって、夜風が吹きぬけた。

闇のなかから、男のふとい声がした。

「とんだ道化者があらわれやがった。しかも三人もだ。小娘ひとりと思っていたら、ちとめんどうなことになりそうだな」

すると、若くて軽快な声が応じた。

「なあに、かまうものか、ひとりが四人になっただけだ。たいした手間でもねえさ」

「おまえは気楽でいいな、モンパルナス」

「おまえが気に病みすぎるだけさ、グールメール。だいたい、あのコリンヌとかいう小娘がパリを出たからって、どんなまずいことがあるというんだ？　小娘がパリに帰ってこなければ、それですむことじゃねえか」

「そのためには、おれたちもパリを出て、やつらを追いかけなきゃならんだろう」

「たまにはいいさ。こんなうっとうしい壁の外へ出て、冬の旅としゃれこむのもな」

舌打ちする音がした。

「物見遊山《ものみゆさん》の旅でもするつもりか。五千万フランの大仕事だぞ。すこしまじめになったらどうだ、モンパルナス、てめえはすこし世のなかをなめすぎてるぞ」

「冗談もほどほどにしてくれ。まじめだったら、おれの人生、こんな具合になってるものか。他人の生命《いのち》も財産も、まとめていただこうってのに、まじめな気持ちでやれるわけねえだろ」

闇のなかに笑い声がひびきわたった。まるでカミソリのような笑い声、薄くて危険な笑い声だった。

第二章

コリンヌは東へと馬を走らせ
昼も夜も危険な旅をつづける

I

十一月十四日、朝のこと。

暗い灰色に塗りつぶされた空の下、パリ市内プリュメ通りに建つ一軒の屋敷に訪ねてきた男がいる。

白い息を吐きながら、男はつぶやいた。

「なかなかりっぱなお屋敷じゃないか。いったい何者なんだ、ラフィットってやつは」

男は鉄格子の門に歩み寄り、初老の門番に声をかけた。

「私はマルセル・ド・ブリクールというんだ。そちらに滞在中のコリンヌさんに旅費をとどけに来たんで、とりついでくれ」

ほどなく、マルセルと名乗った客は門内に招きいれられた。旅装のコリンヌが小走りに歩み寄る。

「おはようございます、マルセルさん」

「今日、出発するそうだが」

「ええ、今日は十一月十四日。予定では十五日に出発するはずでしたから、とりあえず一日はかせぐことになります」

明るくいうコリンヌの顔を、マルセルは、すこしとまどったように眺めた。

「それはけっこうだが……」

いいかけて、マルセルは周囲を見まわした。一歩コリンヌに近づくと、寒そうに首をすくめながら、声をひそめる。

「私にいわせると、その、何だな、パリではじめて出会ったような男たちを、うかつに信用しないほうがいいと思うが……」

コリンヌはマルセルの顔を見返し、屈託なさそうに笑った。

「ご忠告ありがとう。でも、ご心配にはおよびません」

「ならいいが、私も、伯爵から旅費を千フランあずかってきたのでね。まさかとは思うが」

「ともに行動するなら、うたがうな。うたがうなら、ともに行動するな」

暗誦《あんしょう》するように、コリンヌはいった。

「母に教えられた、先住民のことわざです」

マルセルが沈黙していると、コリンヌは少年のような動作で服の襟元《えりもと》や袖口《そでぐち》をなおしながら言葉をつづけた。

「だいたい、最初に出会ったとき、彼らには、わたしを害する機会がいくらでもありました。殺して無法者のしわざに見せかけるのは簡単です。そうしなかったのだから、わたしは、あの人たちを信用できると思ってます」

「そうか、まあ、私がとやかくいう筋でもないがね。それじゃ、たしかに千フラン渡したよ。気をつけていってきなさい」

「わざわざありがとうございました」

コリンヌが一礼すると、マルセルも帽子をとって礼を返した。

マルセルが立ち去ると、いれかわるように屋敷の主《あるじ》が姿をあらわした。これまた旅装をととのえたジャン・ラフィットである。

「コリンヌ、いまのが君のお客かね」

「ええ、父の従兄弟《いとこ》にあたるマルセルという人。何日か前に連絡したら、旅費をとどけてくれたの」

「すると、血縁からいえば、あのマルセルという男には、ブリクール伯爵の財産を相続する権利があるわけだな」

君さえいなければ、という言葉は、ラフィットは口に出さなかった。ただ、考え深い表情になって、マルセルが立ち去った方角をながめやった。

コリンヌが意見をのべる。

「あのマルセルって人、悪い人には見えないけど」

「ふむ、しかし、私だってけっこう善人に見えるだろう、マドモアゼル？　ところが、何と三ヵ国の政府から犯罪者として追われる身なんだ」

コリンヌは返答に窮《きゅう》した。ラフィットはにやりとした。

「ま、せっかく旅費をとどけてくれたんだ。だいじに使うといい。ところで剣士どのはまだかな」

「剣士どのって？」

「酔いどれ剣士どのさ。この屋敷へ来てから毎日、剣の練習をしている」

「ああ、モントラシェのこと」

「コリンヌ、モントラシェというのは、ブルゴーニュ地方でつくられる白葡萄酒の逸品だよ」

コリンヌはかるく息をのんだ。

「じゃあ、偽名？」

「そういうことだね。モントラシェは正体を隠している。何者かわからないが、正体を隠していることはたしかだ」

プリュメ通りには古い屋敷が多く、無人の荒れ家もある。静けさを破るのは、朝を迎えて鳴きかわす小鳥の声ぐらいだ。

コリンヌは白い息のかたまりを吐き出した。

「正体が何者かはわからないけど、あの人はわたしにとってモントラシェ。それ以外の誰でもない。あなたがジャン・ラフィットであるようにね」

「けっこうだ。ところで、コリンヌ、私にも急な客があってね。出発までには用件をすませるので、ちょっと待っていてほしい」

ラフィットは屋敷の玄関の方へ歩いていく。すこしためらって、コリンヌは足音をころして後をつけた。建物の蔭からのぞくと、ラフィットはひとりの男と立ったまま話しはじめた。三十歳すぎのやせた男で、清潔そうだが古ぼけた服を着ている。

コリンヌが見ていると、その男は何やら熱心に話しかけ、ラフィットがうなずいている。ときおり風に乗って男の声がつたわってきたが、コリンヌには理解できない言葉だった。

「あれはフランス語じゃない。英語でもなさそうだな。いったい何語だろう」

そうひとりごとをいうと、コリンヌのすぐ横あいで、ぶっきらぼうな声が応じた。

「ドイツ語だよ」

コリンヌは声を出さなかった。かわりにとびあがった。いつのまにか、これまた旅装をととのえたモントラシェが、コリンヌのすぐそばに歩み寄っていたのだ。

「おどろかせたかな、すまない、マドモアゼル」

コリンヌもようやく小声で答えた。

「そんなことはいいけど、ほんとうにドイツ語なの？」

「たしかだ。吾輩はヨーロッパの言葉ならだいたい聞きわけることができる。英語もドイツ語もロシア語もイタリア語もスペイン語も」

「すごい才能ね」

「才能ではない、経験だ。いろいろな国にいったからな……だが、そんなことより、あれを見なさい」

あわててコリンヌは目をこらした。ラフィットが服のポケットから小さな革の袋をとり出し、相手に手渡すところだった。受けとった男は、あきらかに感謝の表情をうかべた。袋にはおそらく金貨でもはいっているのだろう。

そこでコリンヌは気づいた。彼女自身も、マルセルから渡された旅費の袋を手にしたままだったのだ。あわてて外套のポケットにつっこむ。

男が挨拶《あいさつ》して立ち去ると、ラフィットは何やら考えるようすだったが、ほどなく、踵《きびす》を返した。モントラシェはコリンヌといっしょに建物の蔭から出て、何くわぬ顔で呼びかけた。

「やあ、ラフィット、おはようさん」

「よければラフィット船長と呼んでいただきたい」

「自分の船を持っておったのかね」

「まあ、せいぜい五、六隻《せき》だがね……ところで、そろそろ出発の時刻だが、四人めはまだかな」

芝生を踏む靴音がした。巨体を揺らしながら、アレクが駆けてくる。乱れたままの髪を片手で帽子に押しこみながら。

「やれやれ、置いていかれたかと思った。ぼくは早起きが苦手なんだ」

「食事の時間も、すこし短くしたほうがよさそうだな。それでは、顔ぶれもそろったし、出発するとしようか」

ラフィットが力強く両手をたたくと、彼の従者たちがあらわれた。合計五頭の馬をひいている。すでに馬には鞍《くら》も置かれていた。

「ご苦労、では降誕祭《ノエル》まで留守をたのむ」

ラフィットは従者たちにそう告げた。

このころフランスではまだ鉄道は発達していない。パリから郊外へ、行楽用のみじかい路線がふたつばかり延びているだけである。

そのかわりフランス全土を馬車がむすんでいた。大型乗合馬車《ディリジャンス》と郵便馬車《ポスト》の二種類があって、たいていの旅行はそれで充分、用がたりたのだ。

大型乗合馬車《ディリジャンス》はその名のとおり大きなもので、十六人もの客が乗ることができた。だが車体の大きさにふさわしく、幅の広い幹線道路だけを走っていた。小さな町や村をつないでいたのは、郵便馬車《ポスト》である。これは四人以内の客といっしょに郵便を運ぶ馬車で、パリ以外の土地に住む人々にとって、なくてはならないものだった。

また、みじかい距離なら、二輪乗合馬車《クックー》が走っていた。目的地に着くまで、何度も乗りかえなくてはならないが、料金がたいそう安かったので、貧しい人々はよくこれを使った。二輪乗合馬車《クックー》の料金も払えないとなれば、あとは自分の足で歩くしかない。

すこし大きな町には、かならず貸馬車屋があって、馬車と馬を貸してくれた。馭者《ぎょしゃ》をやとうこともできた。だから、ゆとりのある人たちは貸馬車を使った。さらに豊かな人たちは、もちろん自分の馬と馬車を持ち、専属の馭者をかかえている。

四人の人間と五頭の馬は、見わたすかぎりの曠野《こうや》を東へと駆けた。

この時季、パリで夜が明けるのは八時すぎだ。晴れてさえいれば、行手《ゆくて》の空が薔薇《ばら》色《いろ》にかがやいて、白金色の太陽が昇り、樹々が街道に長く影を落とすはずである。だが、この日も雲が空を埋めつくし、夜が明けてもたいして明るくはならなかった。

先頭の馬にモントラシェ、二頭めにコリンヌ、三頭めにラフィット、四頭めにアレク、彼の引っぱる五頭めに荷物をつんで、一行はひたすら東へ進む。ライン河へと。

II

パリの東にひろがる広大な平野は、シャンパーニュとかアルデンヌとか呼ばれている。農園と牧場と森が、どこまでもつらなっているのだ。緑豊かな土地だが、この季節になると草も木も枯れて、暗い灰色の空の下に、幽霊みたいにうずくまっている。

昼近くまで走りつづけても、周囲の風景にほとんど変化はなかった。

「どうにも気のめいる風景だ」

ジャン・ラフィットが、馬上で残念そうに首を振った。

「メキシコ湾やカリブ海がなつかしいよ。あの青い空、碧《あお》い海、冬なおまぶしい黄金色の太陽」

「ふん、それでは春や夏のありがたみはわかるまい」

モントラシェが毒づく。彼はコリンヌをかえりみて告げた。

「ライン河の谷は、そりゃあ美しい。着いたときを楽しみにしてなさい、マドモアゼル」

コリンヌはうなずいた。

「ライン河はドイツの西、フランスの東を、南から北へ流れ、ヨーロッパ大陸を東西に分断している」

というのが、ライン河に対するコリンヌのおおざっぱな知識である。ライン河はいちおうドイツの河ということになっている。

だが、この時代、じつはドイツという国は存在しない。ドイツが統一され、ドイツ帝国が誕生するのは、一八七一年のことである。

それまでドイツは三百もの国にわかれていた。もっとも大きかったのが、ウィーンを首都とするオーストリア帝国と、ベルリンを首都とするプロイセン王国だが、その他にも、王国とか大公国《たいこうこく》とか公国とか、辺境伯領《へんきょうはくりょう》とか大司教領《だいしきょうりょう》とか自由都市とか、全部おぼえている者など誰もいなかった。

ドイツ語をしゃべる人たちがつくった、多くの国々をまとめて、ドイツと呼んでいたのだ。

ライン河の周辺にも、たくさんの小国が分立していた。ナポレオン皇帝がヨーロッパのほとんどを支配していたとき、それらの小国を強引にひとまとめにして、「ライン連邦」という国をつくったのだが、当のナポレオン皇帝がいなくなると、たちまちバラバラになってしまった。

オーストリア帝国の首都ウィーンで有名な国際会議が開かれた。ドイツは四十ほどの国に再編成された。プロイセン王国は領土を二倍に増やした。ウィーン会議の議長をつとめたのは、オーストリア帝国の宰相メッテルニヒである。メッテルニヒは、「ヨーロッパのすべてをナポレオンの登場以前にもどす」と宣言した。彼は憲法も議会も言論の自由もいっさい認めず、自分にさからう者はことごとく弾圧した。この当時、ヨーロッパでもっともきらわれている人物だった。

「で、結局、『双角獣の塔《ツヴァイホルン》』とは、どのへんにあるんだろう。地図を見てもよくわからないなあ」

鞍の上で、たたんだままの地図を手にアレクがぼやくと、ラフィットが応じる。

「国境がいりみだれているからね。プロイセン王国、ヘッセン・ダルムシュタット大公国、ナッサウ公国……上流にはバーデン大公国があるし、フランクフルトは自由都市だ」

「ウェストファーレン王国はどうした」

モントラシェが尋《き》くと、ラフィットは地図を見なおして、かるく肩をすくめた。

「ウェストファーレンはプロイセンに併合されたよ」

「ふむ、そうだったか。しかし、そうなるとちとまずいな」

「たしかに。場合によっては、強力なプロイセン王国を敵にまわすことになるかもしれないな」

ラフィットの表情を、モントラシェはじろりと見やった。灰色の口髭をかるくひねりながら、不審そうな声を投げつける。

「妙にうれしそうじゃないか、船長。プロイセンを敵にまわすのが楽しいか」

「楽しいってわけでもないがね。すでに私は、イギリス、スペイン、アメリカを敵にまわしてるんだ。そこにプロイセンが加わるだけのことさ」

そういいながら、ラフィットの笑い声は、やはり楽しそうである。モントラシェは、灰色の口髭から手を離した。

「おまえさんのような人物には、何度か会ったことがある。生まれついての反逆者で、どこの国へいっても、権力を持った人間と仲よくできないのさ」

「そいつは私にとって最高のほめ言葉だね」

笑って、ラフィットは、自分が乗った馬の首をかるく平手でたたいた。

コリンヌは馬上で右を見、左を見た。春や夏なら、さぞ美しい緑の野だろう。だがいま、空には鳥の影もなく、畑に農民の姿もなく、無人の野を冷たく湿った風が吹きぬけていくだけだ。旅人の姿もまれで、一度、郵便馬車《ポスト》とすれちがっただけ。

「どうかしたかい、コリンヌ、疲れたかい」

アレクが親切そうに声をかける。

「ありがとう、アレク。そうじゃなくて、ちょっと不思議な気がして……二ヵ月前までは、自分がフランスに来るなんて思いもしなかった」

父が生きていたら、いまでもコリンヌはカナダにいただろう。自分が生まれる前からのことに、コリンヌは思いをめぐらせた。

……広大なカナダの領有権をめぐって、イギリスとフランスは百年以上も戦いをつづけていた。一七五九年の「アブラハム平原の戦い」では、イギリス軍司令官ウルフ将軍とフランス軍司令官モンカルム将軍が、ともに戦死するほどの激戦となった。結局、一七六三年にパリで条約がむすばれ、カナダはイギリス領となる。

カナダに住んでいたフランス人たちは、追い出されたわけではなかったが、イギリス人たちに比べて、不利な立場になった。それでも、誇り高く、「自分たちはフランス系カナダ人だ」と称し、イギリス人と一線を画した。フランスからカナダへやってくる移民も絶えなかった。コリンヌの父モーリスも、父親と大げんかをしてカナダへ渡ったのだ。

モーリスは運がよかった。ケベックシティで代書屋《だいしよや》の職にありついたのだ。代書屋とは、文字を知らず読み書きのできない人のために、書類をつくったり手紙を書いたりする職業である。このころフランスでも、全人口の四分の三が読み書きできないという時代だったから、代書屋はなくてはならない職業だった。

同時に、代書屋は、他人の手紙を読んだり、代筆したりするわけだから、他人の秘密を知ることになる。悪質な代書屋のなかには、秘密を種に人を恐喝《きようかつ》する者もいたが、モーリスは誠実に仕事をし、文章もうまく、口もかたかったので、信用をあつめるようになった。

そのうち、有力な毛皮商人のために仕事をし、彼がつくった書類のおかげでその商人が破産をまぬがれる、という事態がおこった。商人はモーリスに感謝し、高給でやとってくれた。仕事の内容は、秘書と教師である。

教師というのは、先住民にフランス語を教える役だった。貴重な毛皮をとるためには、深い深い広大な森のなかにはいらねばならない。フランス人がそんなことをするには、どうしても先住民の案内人が必要だった。そしてたがいの意思疎通のためには、先住民にフランス語をおぼえてもらう必要がある、ということになるのだ。先住民の言葉は部族ごとに分かれているので、フランス人が先住民の言葉をおぼえるより、逆のほうがいい、というわけである。さらにフランス人たちにしてみれば、カナダがイギリスの領土になっても、英語を使うのはいやだった。

そこでモーリスは、先住民ヒューロン族の美しい少女に出会って恋をした。ヒューロン族はもともとフランス人に友好的だったが、戦争に巻きこまれてほとんど亡《ほろ》びようとしていた。

こうしてふたりは結婚し、一八一四年、コリンヌ・ド・ブリクールはカナダのケベックシティで生まれた。それは大西洋の東において、ナポレオン皇帝が、ワーテルローの大会戦に敗れる前年のことだった。そして、英　米《イギリス・アメリカ》戦争と呼ばれる北アメリカ大陸の覇権をめぐる戦いがつづいている年だった……。

コリンヌの母は、いまも健在で、亡き夫の墓を守りながら、娘がパリから帰ってくる日を待っている。

III

「コリンヌが生まれたころに、おなじ大陸の南では、私の運命が決まっていたわけだな」

昼食をとりながら、ラフィットがいった。街道に面した宿屋兼安食堂でのことだ。パンとポトフだけの食事で、パンはかたくてまずかったが、熱いポトフが胃をあたためてくれる。

「おもしろい体験談があったら聞かせてほしいな」

三杯めのポトフをたいらげながら、アレクがラフィットを見た。彼はいつでも劇や小説の素材をさがしているのだ。

「そうだな、おもしろいかどうかわからないが、私がなぜ三ヵ国の政府から首に賞金をかけられたか、知っておいてもらうのもいいだろう」

ラフィットは語りはじめた。

……一八一二年、フランスのナポレオン皇帝がロシア遠征に失敗して多くの将兵をうしない、一挙に弱体化する。必死でナポレオンと戦ってきたイギリスは、ひと息ついた。軍隊をよそにまわす余裕が出てきたのだ。

独立戦争以来、イギリスとアメリカは、ずっと仲がよくない。イギリスは、アメリカがフランスと貿易するのを妨害したから、アメリカはイギリスを憎んでいた。こうしてついに「英米《イギリス・アメリカ》戦争」がはじまった。

「だいたいカナダは独立戦争のとき、アメリカとともにイギリスから独立すべきだったのだ。この際カナダを攻撃して、アメリカに併合してしまえ」

ということになって、アメリカ軍は国境をこえ、カナダに侵入した。ところが、カナダを守っていたイギリス軍は強かった。侵攻してきたアメリカ軍を撃退したばかりか、逆にアメリカ国内に攻めこみ、首都ワシントンを砲撃して市街を炎上させたのだ。マディソン大統領は首都をすてて逃亡した。

アメリカは存亡《そんぼう》の危機に立たされた。アメリカ軍が北のカナダ方面で戦っている間に、イギリス軍の本隊は南をおそっていた。ミシシッピ河の河口にある港町ニューオーリンズを占領すべく、大軍を動かしたのだ。もしニューオーリンズが占領されれば、ミシシッピ河が封鎖されて物資が運べなくなる。それだけでなく、南からアメリカ国内に攻めこまれ、国そのものが崩壊してしまうかもしれない。どうしてもニューオーリンズを守らなくてはならない。だがアメリカ軍の兵力は不足している。どうやって兵をあつめるか。

このときアメリカ軍が考えついたのは、ニューオーリンズに近いメキシコ湾一帯で活動する海賊たちの力を借りることだった。そして海賊たちのなかで、もっとも勇敢で話のわかる大物として知られていたのが、ジャン・ラフィットだったのだ。

一八一四年に、ラフィットは三十二歳で、すでにスペイン政府から賞金をかけられた身だった。多くの奴隷を乗せたスペイン船をおそっては、奴隷たちを逃がし、奴隷商人の財宝を奪っていたからだ。

ラフィットはミシシッピ河の河口に近いバラタリア島に本拠をかまえていたが、アメリカ軍の代表に招かれ、ニューオーリンズに出かけて、そこで話しあいをした。彼が留守の間に、バラタリア島はアメリカ軍の艦隊に急襲され、建物は焼かれ、船は奪われてしまった。「だまし討ちだ」と海賊たちは怒ったが、ラフィットは彼らを説得し、アメリカ軍の味方をして、ニューオーリンズ攻防戦に勝利した。こうしてラフィットは、イギリス軍からも賞金つきで追われる身となったのだ……。

そこまで聞いて、モントラシェが、不審そうな目を海賊紳士に向けた。

「しかし、よくわからんことがある。おまえさんがそうまでしてアメリカ軍に肩入れした理由だ。フランス系として、イギリス軍に反感を持っていたことはわかるが……」

「アメリカ政府が約束したからだよ。私が彼らに味方すれば奴隷制度を廃止する、という約束をね」

ラフィットの返事を聞いて、アレクが大きな声を出した。

「そりゃ嘘だ。アメリカにはいまでも奴隷制度が存在してる」

「アレクのいうとおりだ。私はまんまとアメリカ政府にだまされたのさ。イギリス軍に勝ったあと、私は、アメリカ政府の代表に、約束を守るよういった。やつはせせら笑ってこう答えたよ。『アメリカは民主主義の国だ、奴隷を所有している者たちに、それをやめるよう強制するのは、自由に反する』と」

「ほう、自由ときたか」

モントラシェは苦笑し、コリンヌは憤慨した。

「ひどいなあ、だったら最初から約束しなければいいのに」

「そういうわけで、アメリカ人のいう自由とは『奴隷を持つ自由』だということが、私にはわかった。そこで、私の自由を行使することにしたんだ」

「そいつを思いきりぶんなぐる自由さ」

「どんな自由?」

モントラシェが拍手した。

「よくやった、海賊!」

一礼して、ラフィットは応じた。

「船長といってくれ」

「こだわるやつだな」

「ま、こうして私は、スペイン、イギリスにつづいてアメリカでもめでたく賞金首《おたずねもの》になったわけさ」

「その後すぐパリに?」

と、アレクが問う。ラフィットはかぶりを振った。

「いや、一時メキシコにいた。あそこはスペインの植民地だったが、独立運動がさかんだったからね。それに協力してたんだが、やがてスペインの手が伸びてきたので、大西洋を渡った。パリに来てそろそろ十年になるな」

しばらく沈黙がおりた。やがてアレクが、少女に声をかけた。

「この時季、カナダはどうなんだい、コリンヌ、さぞ寒いんだろうね」

「カナダといっても広いよ。ヨーロッパ全体より広い」

答えるコリンヌの声に、誇りがこもっている。

「わたしたちフランス系やイギリス系が知っているのは、ほんの東の端だけ、あとは先住民と野生動物の天地だけどね」

かるく目をとじて、コリンヌは半《なか》ば歌うように語った。

「秋が深まると紅葉がどこまでも広がって、まるで森全体が燃えあがってるみたいなんだ。それが終わると雪が降りはじめて、見わたすかぎり白くなる」

「黄金の秋、白銀の冬か」

「おや、アレク君はなかなかの詩人だな」

「文豪といってくださいよ、船長」

アレクが四杯めを断念したので昼食は終わった。店を出て、ふたたび馬に乗りながら、ラフィットがモントラシェに問いかける。

「ところで、気づいてるかね、剣士どの？」

「ふん、ろくに馬にも乗れんくせに、吾輩たちをつけてくる未熟者どものことか」

モントラシェは鼻先で笑って、さりげなく街道を見まわした。

「あんな馬の乗りかたで、もしアウステルリッツの戦場にいたら、三分間で敵の刃《やいば》にかかってしまうだろうよ。で、どうする？　何なら吾輩ひとりでかたづけようか」

「まあ、そういそぐこともなかろうよ。白昼だと人目もある。先方もうかつに手は出してこないだろう」

というわけで、一行はそのまま東への騎行《きこう》をつづけた。

灰色の空がさらに暗くなり、完全に黒になったころ、コリンヌら一行四人は宿をとった。

ラフィットが交渉役をつとめ、夕食と翌日の朝食つきで、ひとり九フラン、馬の世話もふくめて、まとめて四十フランの宿代で話をつける。コリンヌの部屋はせまいが、寝台には洗いたての清潔なシーツと毛布がついていた。古い陶製の洗面台もついており、宿から水か湯をもらえば顔も洗える。廊下をへだてた正面の部屋にアレクがはいり、壁をへだてて右にモントラシェ、左にラフィットの部屋だ。

やがてコリンヌは馬小屋に馬のようすを見にいった。宿のランプを借り、馬たちにきちんと水と餌《えさ》があたえられているのを確認する。

ふと、背後に気配を感じた。

やたらと鍔《つば》の広い山高帽をななめにかぶり、おしゃれなスカーフを上着の襟にからめて、若い男が立っていた。

「いよう、マドモアゼル」

若々しい顔のなかで、目も口も笑っている。カミソリの刃のように、薄くて危険な笑い。

「暁の四人組《パトロン・ミネット》」のひとり、モンパルナスだった。

コリンヌは相手にさとられないよう、息を吸いこみ、吐き出した。かるく踵《かかと》を浮かせて、すぐ走り出せるよう体勢をととのえる。

「名前を名乗らないのは失礼だよな。おれはパリの娘っ子たちの間じゃ、これでも紳士で通ってるんだ。モンパルナスとはおれのことさ。おぼえてくれたらうれしいね」

努力して、コリンヌはおちついた声を出した。

「本名じゃないでしょ？」

「もちろん。おれはモンパルナスの丘が好きなパリっ子だ。だから自分の名前にした。本名を知ってるのは親だけだが、さて、自分の子をすてたあと、どこでどうしてることやら」

さりげなく、モンパルナスは足を前に出そうとする。彼の右手は、かるく背中にまわされていた。ナイフか、紐《ひも》か、危険なものを持っているにちがいない。

「カナダのど田舎《いなか》から迷い出てきたにしちゃあ、けっこう見ばえのするマドモアゼルじゃねえか。セーヌ河の水で洗えば、誰もが振りむく美女になるぜ」

「よけいなお世話だね。わたしはサンロラン河の水で産湯《うぶゆ》を使ったんだから。セーヌ河じゃ小さすぎてものたりないな」

コリンヌはいい返したが、不覚にも、わずかながら声がふるえた。危険の匂いが、胸を悪くするほど濃くなっている。

モンパルナスはわざとらしく左手を振ってみせた。あいかわらず右手は隠したままだ。

「気性も気にいったぜ。めそめそ泣く女は好きじゃねえんだ。だけど、好きのきらいのといってちゃ、商売はできねえのさ」

コリンヌは無言で身をひるがえした。走り出そうとする寸前、通路がふさがった。黒い壁のようなものが立ちはだかったのだ。

一瞬だけ、コリンヌは錯覚した。自分はいまカナダの深い森の中にいて、巨大な熊に出あったのではないか、と。

コリンヌの前に立ちはだかったのは、それほどの大男だった。しかも顔面が濃いヒゲでおおわれて、両眼だけが赤く光っている。コリンヌを見おろして、大男は歯をむき出した。笑ったつもりだろうが、まるでコリンヌを丸飲みにしようとしているとしか思えない。

「さがりたまえ、マドモアゼル！」

鋭い声が飛んだ。ラフィットの声だ。

「そいつはグールメールだ。『暁の四人組《パトロン・ミネット》』のひとりだ。君の細首など、片手でねじ切ってしまうぞ！」

コリンヌは跳びすさった。だが、グールメールとの距離が開いた分、モンパルナスとの距離がちぢまった。モンパルナスはあざけるような表情とともに右手首をひらめかせた。手にしたナイフが、月光を反射させながらコリンヌの首すじに突き立てられようとする。

一瞬の後、うめき声をあげてモンパルナスは右手首を左手でおさえた。ナイフが落ちてかわいた音をたてる。大男グールメールが太いロープを手にしたまま立ちすくんだ。忽然《こつぜん》とあらわれたモントラシェの姿を見て、モンパルナスがわめいた。

「てめえら、はめやがったな⁉」

モントラシェが悠然《ゆうぜん》と答えた。

「おとなをなめてはいかんな、坊や。吾輩たちがマドモアゼルを夜ひとりで外に出すとでも思っておったのかね。ねらわれているとわかりきっておるのに」

「坊や」と呼ばれて、モンパルナスの顔が怒りと屈辱《くつじょく》にゆがんだ。彼はモントラシェの投げつけた石で、したたか右手首を打たれたのだ。手を振ってしびれを払いながら、モンパルナスはふたたびわめいた。

「こうなったら、かまわねえ。全員、出てこい。小娘も仲間も、まとめてやっちまえ！」

いくつかの足音が乱れおこった。宿の建物と馬小屋とをへだてる、広くもない空地に、暴漢たちがひしめきあう。

IV

モントラシェの手に、剣が光った。

落ちつきはらって、ラフィットが、近づいてくる男たちの人数をかぞえた。

「十人ぐらいはいるな」

「数だけだ。老練な兵士なら五人でもきついが……」

モントラシェが冷笑した。

「手つき足どりを見ても、ろくでもない無法者ぞろいのようだ。『暁の四人組《パトロン・ミネット》』とか、えらそうに称しているらしいが、この分だと、暁どころか、日が沈んでしまうのも遠くないな」

いい終えぬうちに、暴漢たちが殺到して、たちまち乱闘がはじまった。とはいえ、広い空間ではない。敵も四方八方から包囲するわけにいかず、モントラシェが剣をとって迎撃する。

モントラシェは素手でも強かった。だが、剣を持つと、その強さは信じられないほどだった。

モントラシェの剣が流星のようにひらめくつど、苦痛の悲鳴があがり、血がほとばしって、暴漢たちがナイフや棍棒をとり落とす。

背後から振りおろされる棍棒を、身体を開いてかわすと、ななめ上方へ剣を走らせる。棍棒が宙を飛び、傷ついた右手をおさえて敵が地上に横転した。

「腕に差がありすぎてよかったな、悪党諸君」

剣をふるいながら、モントラシェはうそぶいた。

「これだけ差があると、相手を殺さずにすむからな。これほど楽な戦いは、生まれてはじめてだ」

「やろう、いわせておけば！」

ひとりの男がわめいて、腰帯から拳銃を引き抜く。

男は悲鳴を放ってのけぞった。ラフィットの手首がひるがえったと見ると、乗馬用の鞭《むち》がしたたか男の顔を一撃したのだ。鼻血を噴き出しながら、男は大きくのけぞり、自分の身体をささえきれず、そのままあおむけにひっくりかえった。

「退《ひ》け、役立たずども！」

大男の太い声と、若者の高い声とが同時にひびきわたると、暴漢たちは逃げはじめた。棍棒やナイフ、さらに拳銃までが、暗い地上に散乱している。

闇の中からアレクの声がした。

「あれで終わりですかね」

「我々を甘く見ていたのさ。だが、このつぎはそうはいかない。充分な準備と人数をととのえてやってくるぞ」

「やつらがほんとうに大物なら、つづけて二度はおなじ誤りを犯しはせんだろうな。だが、まあ、すぐにはやってくるまい。とりあえず腹ごしらえといこうじゃないか」

年長のラフィットとモントラシェがいうと、アレクが姿をあらわした。肩に棍棒をかついでいるが、使わなかったらしい。ほとんどモントラシェひとりで敵をかたづけてしまったので、アレクの出る幕はなかったのだ。

「でも、拳銃まで持っていたとはなあ。これじゃライン河に着くまでに、生命がいくつあってもたりない」

「しっかりするんだな、デュマ将軍の息子」

笑って、モントラシェが、アレクの広い背中をたたいた。

「おまえさんの親父さんは、指一本で重い銃を持ちあげる怪力の持ち主だった。こう、指を一本、銃口に差しこんで、ぐいとそのまま持ちあげたものさ。見たところ、おまえさんも、かなり力がありそうじゃないか」

アレクは深い深い溜息をついた。

「父はそうだったでしょうけど、ぼくはペン一本持てれば、それで生活できるんです」

「そうかい、十本ぐらいないと、おまえさんの身体はささえきれそうにないがな」

モントラシェは機嫌がいい。乱闘しても息が切れなかったからだ。なれた手つきで、剣を鞘《さや》におさめると、モントラシェは宿の玄関へ歩き出そうとした。

そのとき、コリンヌは見たのだ。

モントラシェの髪がめくれあがって、いつもは髪に隠されている耳があらわになった。コリンヌはモントラシェの右側にいたので、ごく自然に彼の右耳を見た。そして声をうしなった。

モントラシェの右耳は異様な形をしていた。右耳の上半分がなかったのだ。鋭い刃物で斬りとられたかのように。

一瞬のことで、めくれあがった髪はもとにもどり、モントラシェの耳は隠れてしまった。

たったいま自分が見た光景を、コリンヌは誰にもしゃべらないことにした。他人の秘密を知っただけでも、ばつが悪いのに、それをぺらぺらしゃべる気にはなれなかったのだ。

アレクはかがみこんで拳銃をひろっていたし、ラフィットは何か気になることができたようで、モントラシェの耳に気づいたのはコリンヌだけのようだった。

ラフィットが何を気にしていたのかは、夕食の席上でわかった。

「諸君、気づいたかね、『暁の四人組《パトロン・ミネット》』のうち、我々の前にあらわれたのは、グールメールとモンパルナスのふたりだ」

「大男と若いやつだな。それがどうした？」

「まだあとふたりいる、ということだ」

ラフィットは赤葡萄酒のグラスに口をつけたが、すぐテーブルに置いた。味が好みではなかったらしい。

「バベとクラクズー、このふたりがまだ姿をあらわさない。私はそれが気がかりなんだ」

大きなパンのかたまりを手でちぎりながら、コリンヌが応じる。

「考えすぎじゃないのかな。四人組だからといって、いつも四人いっしょに行動しているとはかぎらないでしょう？」

コリンヌの意見に、アレクが賛成する。

「そうそう、どうせ悪党どもなんだし、仲間割れだってするでしょうよ。それとも、そちらのふたりは、何かべつの仕事をしているのかもしれないし」

モントラシェは会話に加わらず、むっつりと、ナイフで鴨《かも》の肉を切りわけている。

その姿をちらりと見て、ラフィットはいった。

「私がパリに住むようになって以来、知るかぎりでは、『暁の四人組《パトロン・ミネット》』はその名のとおり、いつも四人で行動していた。いや、表向きは別行動をとってはいても、ひとつ犯罪計画をたてると、かならず四人とも参加して、利益を山わけしていたんだ。今回にかぎって例外と考える理由はない」

はじめてモントラシェが口を開いた。

「つまり、お前さんはこう考えているわけだ。『暁の四人組《パトロン・ミネット》』のうち、まだ姿を見せていないふたり、ババとクラクズーだったかな、そいつらがいつか吾輩たちの前にあらわれるだろう、と」

「もうすでに姿をあらわしているかもしれない」

コリンヌとアレクは、急に寒気を感じて左右を見まわした。宿の食堂に、彼らのほかに客の姿はない。

「むやみに若い者をおどかさないほうがいいぞ、海賊船長」

「警戒をうながしているのだよ、剣士どの。クラクズーは覆面の男で、誰もやつの顔を見た者はいない。見た者はすべて殺されたという。やつがいま私たちの前にあらわれても、私たちにはわからないだろう」

「ババは？」

「やせた中背の男だというが、それ以上のことはわからない。やっかいなことに、やつは舞台俳優あがりだという。変装はお手のものではないかな」

アレクが身を乗り出した。

「ババについては、ぼくはべつの話を聞いたことがある。やつは歯医者だったというんだが、ほんとうかな」

アレクに向きなおって、ラフィットは、半分からかうような、半分おどすような声を出した。

「それはすこしばかり不正確な情報だな。ババは残忍な男で、人を拷問《ごうもん》するのが好きなんだ。なかでもお気にいりは、相手を身動きできないようしばりつけておいて、ペンチで歯をひっこぬく拷問だそうだ」

うえっ、と声をあげて、アレクは思わず自分の口をおさえた。

コリンヌも気分が悪くなった。あることを思い出して、さらに気分が悪くなった。ラフィットがパリを出発する直前、ひそかに会っていた男。三十歳すぎで、やせた中背の男。悪党のようには見えなかったが、ドイツ語をしゃべるあの男は何者だったのだろう……。

コリンヌたちの宿から、歩けば三十分ぐらいの距離である。別の宿で、ふたりの男が不機嫌そうに向かいあっていた。襲撃に失敗した「暁の四人組《パトロン・ミネット》」のふたりだ。

「おい、モンパルナス」

「何だ」

「何だじゃない。あんなやつらに金貨をばらまきやがって、どういうつもりだ」

モンパルナスが答えないので、大男グールメールの声がやや大きくなった。

「あんなやつら、十人や二十人あつまったところで、何の役にも立たねえ。しかも逃げ出しちまって、もどってこねえときてやがる。いくら使った？　百フランか、二百フランか、気前のいいことだな」

わざとらしく若者は息を吐き出した。

「なあ、グールメール、考えてもみろよ。あの小娘の味方をしている三人は、なかなかの腕だ。そう思うだろ？」

今度はグールメールが答えない。すると、モンパルナスは、さとすように言葉をつづけた。

「だからよ、数でいくしかねえんだ。これから先、ライン河に着くまで、何度でもくりかえし、多人数でやつらをおそう。朝だろうと夜だろうと、町のなかだろうと森のなかだろうと、かまいやしねえ。やつらを疲れさせる。眠らせねえ。しつこく何度でもくりかえして、かならず隙《すき》を見つける。たった一度で結論をいそぐんじゃねえよ」

モンパルナスはグールメールの表情をうかがった。熊のような大男は、無言のまま、奇妙な笑いを浮かべている。

「何がおかしい、グールメール、おれはそんなに笑えるようなことをいったかな」

モンパルナスの声は静かだったが、それは噴火前のベスビオ火山のようなものだった。いきなり炎と煙をふきあげ、煮えたぎった熔岩《ようがん》をあふれ出させるのだ。モンパルナスは右手を服のポケットにつっこみ、そのなかでナイフの柄をにぎりしめた。

グールメールは笑いをおさめた。危険をさとったように、まじめな表情になる。

「いや、笑ったわけじゃねえ。おまえにはおまえの考えがあるってことは、よくわかってるさ。しかしだな」

「何をいいたい」

「つまりだ、モンパルナス、おめえのやりかたじゃ、いくら資金《かね》があってもたりねえってことよ」

「図体の大きいくせして、胆の小さいやろうだな。五千万フランが手にはいるんだぞ。まさか五千フランとまちがえてやしねえよな」

モンパルナスがあざ笑うと、しかつめらしくグールメールは応じた。

「だとしても、むだに資金《かね》を使うことはねえ。モンパルナスよ、考えてもみろ、あの小娘一行はライン河へ向かっている。かならずライン河の岸に姿を見せるんだ。だとしたら、おれたちは先まわりして、ライン河の岸でやつらを待ち伏せすればいい。そうだろう、そう思わねえか」

モンパルナスは、かるく両目を細め、だまって仲間の大男を見つめた。グールメールはばかでかい両手を広げてみせた。

「そのとき気前よく金貨をばらまいて、多くの人数をあつめりゃいい。十人や二十人といわず、百人でも二百人でもな。剣や銃だって買いあつめられる。そうすりゃ、小娘一行は生きてライン河を渡れるものじゃねえ」

自信たっぷりに、大男グールメールは断言する。モンパルナスはわずかに眉をひそめて反論した。

「ライン河は長いんだぞ。何百キロ、それとも何千キロか、その岸を全部おさえるのに、百人や二百人じゃおいつくまい」

「いくら長い河でも、渡れる場所はかぎられる。それに、小娘一行には見張りをつけとけばいい」

「ふん」

モンパルナスは唇をまげ、決心をつけかねるように視線を動かした。

「そいつはてめえの知恵か、それともあいつの入れ知恵か。ちっとばかし興味のあるところだな」

グールメールも、モンパルナスとおなじ方向を見やった。

五十歩ほど離れて、ひとりの男がテーブルに着いている。覆面をしたその男は、モンパルナスとグールメールの会話を聞いているのかいないのか、ランプの炎が揺れるのをじっとながめていた。

グールメールは視線をモンパルナスの顔にもどした。声を低めてささやく。

「誰の知恵だろうと、それがどうした。いい知恵なら、活用するだけだ。そうだろうが」

「ふん、まあいいさ。どうせ、やつはおれたちを信用していない。だとしたら、おれたちがやつを信用する必要もねえ」

ささやきかえして、モンパルナスは笑った。彼独特の笑い。カミソリの刃のように、薄くて危険な笑いだ。

「五千万フラン手にいれるのに、誰かを殺すとしたら、その誰かとは、あのコリンヌとかいう小娘でなくたって、いっこうにかまいやしねえさ」

「おい」

手をあげて、グールメールが相棒を制した。覆面をした男が、ふいに立ちあがったからだ。

だまりこんだグールメールとモンパルナスを見向きもせず、覆面の男は、宿の二階へと階段を上っていく。古い階段をきしませる靴音が遠ざかると、モンパルナスが舌打ちした。

「けっ、陰気なやろうだ」

グールメールは何もいわず、太すぎる腕を組んで天井を見あげていた。

第二章

コリンヌはライン河に着き
四人で百二十人の敵と戦う

I

コリンヌら一行四人は、東への旅をつづけた。寒い風だけでなく、冷たい雨や泥だらけの道が一行を悩ませたが、「暁の四人組《パトロン・ミネット》」の襲撃はなく、十日ほどが無事にすぎた。

シャンパーニュ地方を通過してロレーヌ地方にはいっても、風景にほとんど変化はない。灰色の平野と丘がつづくばかりだ。

ロレーヌ地方は、ドイツ語ではロートリンゲンと呼ばれる。かつては独立した公国だった時代もあるが、言語といい服装といい、家の建てかたといい、フランス文化とドイツ文化のちょうど中間という感じだ。

農地や牧場がへり、森が増えてくる。ときおり馬の脚元を、キツネやウサギが駆けぬけ、猟師の銃声が静けさを引き裂いた。

何回か、憲兵に呼びとめられて旅券を審査された。旅券といっても一枚の紙きれにすぎないが、パリ市役所が発行した本物だから何の問題もなかった。一度、モントラシェの顔を見た年輩の憲兵が、おどろいたように何かいいかけたが、モントラシェから耳打ちされると、表情をとりつくろって旅券を返し、うやうやしく敬礼までして見送ってくれた。

こうして十一月二十五日、コリンヌたちはライン河を東にのぞむ崖《がけ》の上に馬を立てた。空をおおっていた雲の一部が切れ、何本かの日光が音もなく地上に降りそそぐ。

「コリンヌ、あれがライン河だよ」

アレクが指さす。

眼下に、白く光る大きな水の帯があった。ゆるやかにくねりながら、右から左へ、コリンヌの視界の涯《はて》から涯までつづいている。初冬の弱々しい日光が、かえって、風景に神秘的なおもむきをあたえていた。

ラインの両岸は谷間になっており、春から秋にかけてはエメラルドをしきつめたような緑につつまれ、花が咲き乱れ、葡萄がみのる。冬にはいったこの時季、森は黒々と静まりかえり、葡萄畑は茶褐色に、牧場は灰色に沈んでいた。

ラフィットが、乗った馬の手綱を引きながらいった。

「この河のどこかに、ニーベルンゲンの財宝が沈められているはずなんだ」

ドイツの有名な叙事詩《じょじし》『ニーベルンゲンの歌』によれば、不死身といわれた英雄ジークフリートは奸臣《かんしん》ハーゲンの陰謀によって殺され、その莫大《ばくだい》な財宝はライン河に放りこまれた。ライン河に棲《す》む水の精たちが、いまでも財宝を守っており、欲の深い盗賊たちを寄せつけないという。

一行は崖を降りた。崖からラインの岸辺へとつづく坂道は、角度が急で、四人とも馬から降りて徒歩になった。足もとに注意しなくてはならなかったが、ときおり休んで周囲を見わたすと、いくつか小さい城が見える。ラフィットの話によると、戦うための城よりも、旅人や船から税金をとりたてるための城が多いということだった。谷底に降りると、通行量の多い広い道に出て、ふたたび一行は馬にまたがった。

「イギリス人が多いんだね。あちこちで英語の会話が聞こえる」

ナポレオン皇帝が玉座を去って十五年。革命やら政変やらはあるものの、全ヨーロッパを巻きこむような戦乱はとだえた。各国では旅行がさかんになって、イギリス人がフランスやドイツを旅するのは、すこしもめずらしいことではない。ライン河に船を浮かべて観光客を運ぶ会社もできたばかりで、いまも五十人乗りほどの船が流れを下っていく。

「ケベックシティあたりのサンロラン河に、すこし似てるな。サンロラン河のほうが幅が広いけど」

コリンヌはそんなことを考えた。故郷の風景が胸にせまった。サンロラン河に面した港で、手を振りながらコリンヌを見送ってくれた母親の姿が思い出された。

「母さん、待ってて。父さんと母さんの名誉を守って、来年の春には帰るからね」

やがて一行は、ライン河に面した林のなかにある居酒屋兼宿屋で馬を休ませ、昼食をとった。話題は「暁の四人組《パトロン・ミネット》」のことになる。

「あのていどで、やつらがあきらめるはずはない。ここまで、やつらが襲撃してこないということは……」

「行手《ゆくて》で待ち伏せしているということだ」

「さよう、ま、戦術の初歩だが、何も考えんよりはましだ」

「我々がライン河を渡ってしまえば、やつらも襲撃しづらくなるだろう。我々を河岸に追いつめ、退路を断つつもりだろうよ」

「そろそろしかけてくるかな」

ラフィットはスペイン軍やイギリス軍を相手どって、実戦の経験がある。モントラシエも軍人としてヨーロッパ各地の戦場を駆けめぐったようだ。ふたりとも、多勢の敵を相手どって戦うことが楽しくてならないようで、もう五十歳近いおじさんたちが、まるで少年のように生々《いきいき》している。

「それじゃ、マドモアゼルはすこしここで待っていてくれ」

モントラシェとラフィットは、何やら作戦を立てるため、食事が終わるとすぐ外へ出ていった。コリンヌは葡萄のジュースを前にすこし考えこんでいたが、アレクに向かって口を開いた。アレクは塩味のパンを七個たいらげて、八個めにとりかかったところだ。

「アレクは、ナポレオン皇帝に会ったことがあるの？」

「うん、あるよ。いや、会ったというより見たんだけどね」

「よかったら聞かせて。どんな人だった？」

「うーん、そうだな」

めずらしくアレクは考えこんだ。なるべく正確に思い出そうとしているかのようだ。八個めのパンを手にしたままである。

「一八一五年だから、ぼくが十三歳になった年だ。ナポレオン皇帝はワーテルローでイギリス軍やプロイセン軍を相手に、最後の決戦にのぞんだけど、前後からはさみ撃ちにされて敗北したんだ」

だまってコリンヌは聞きいった。

「ヴィレル・コトゥレという小さな町だった。ワーテルローで敗れたフランス軍の兵士たちが、血と泥にまみれ、疲れはてた姿で通りすぎていった。そのなかに、皇帝の乗った馬車もまじっていた」

アレクは大きな左手で顔をなでた。

「そこにいたのは、全ヨーロッパを征服して驕《おご》りたかぶっていた英雄ではなかった。敗北に打ちのめされ、絶望したひとりの男にすぎなかった。彼は勝利をうしない、未来をうしない、ヨーロッパをうしなったんだ」

アレクは右手のパンをひと口でほおばり、のみこんでから話をつづけた。

「ぼくは胸がいっぱいになった。思わず前へ出て、力いっぱい大声で叫んだよ。『皇帝ばんざい！』ってね」

コリンヌは何やら粛然《しゅくぜん》とした気分になって、低い声でたずねた。

「それで、皇帝は？」

「皇帝は青ざめた顔をあげて、ぼくを見た。ふしぎそうな表情だったけど、かすかに、ほんとうにかすかに笑ったみたいだった。すぐに馬車は走り出して、ぼくは雨にぬれながら皇帝を見送った」

アレクは大きな溜息をついた。

「それまで、ぼくはあんまりナポレオン皇帝が好きじゃなかったんだ。ぼくの父、つまりデュマ将軍は、皇帝の強引なやりかたに批判的で、皇帝からもきらわれていたからね」

「でも、それからは好きになった？」

「そうだね。皇帝はぼくに教えてくれたんだ。ぼく以外の若者みんなにも。あきらめずに自分の力をためせ、自分の力で歴史を変えてみろってね」

アレクは空になったパンの籠《かご》を手もとから押しやった。

「で、ぼくはパリに出て、自分の才能と運命をためしてみる気になったんだ。いまは演劇の脚本を中心に仕事しているけど、これからは小説をどんどん書いていこうと思ってるんだ。故郷には子どももいることだし、早く成功しないとね」

コリンヌは仰天《ぎょうてん》した。

「えっ、アレクには子どもがいるの!?」

「いるよ。今年、六歳になる。男の子でね」

「じゃ、じゃあ、奥さんは？」

「それが若さゆえのあやまちで……」

いいさして、アレクは太い指で鼻の下をこすった。こまったようでもあり、てれたようでもある。

「まあ、おとなにはいろいろあるってことさ。君もいずれわかるよ、コリンヌ、わかったとき、君もおとなになる」

何だかつごうのいい結論だな、とコリンヌが思ったとき、足音がして、モントラシエとラフィットがもどってきた。

II

十分ほど後のこと。コリンヌは河岸に立つカワヤナギの樹の幹に耳をあてていた。

それを見たモントラシェが不審そうに呼びかけた。

「何をしているのかね、マドモアゼル？　海賊と文豪はもう先にいったぞ」

樹の幹から耳を離して、コリンヌは、モントラシェを見やった。

「樹の声を聞いてる」

「ほう、そんなことができるのか」

興味深げに、モントラシェは歩み寄って、少女と樹をながめた。

「で、ここの樹はフランス語でしゃべるのかね、ドイツ語でしゃべるのかね」

「カワヤナギ語」

「はは、そうか、そうだな」

モントラシェは灰色の頭をかいた。髪がゆれた。右の耳が見えるのではないか、と、ひやりとしたのはコリンヌのほうである。モントラシェ自身は、気にとめるようすもなかった。

「聞くところによると、カナダではカエデの樹から砂糖をとるそうだが、ほんとうかね」

コリンヌはうなずいた。

「サトウカエデの幹に、すこしだけ傷をつけると、樹液が出てくる。甘い樹液でね、それを煮つめて砂糖をつくるのよ」

故郷のことを話すと、コリンヌの声に熱がこもる。

「ふむ、吾輩は、甘いものより酒のほうがいいな。樹液を煮つめると酒になる、という樹はないものかね」

「さあ、どうかなあ。もしそんな樹を発見した人がいたら、大金持ちになれるよ、きっと」

「大金持ちか」

モントラシェはかるく目をほそめた。

「マドモアゼルは、伯爵家の財産なんかに興味はないのだろう？　けっこうだ、財産なんかあてにするより、ずっといい。だが、だとするとどうして、伯爵の命令なんかにしたがったのかね。いやだ、といってカナダへ帰ってしまえばよかろうに」

「わたしの父も、財産なんかに興味はなかった。爵位だってほしくはなかった。だから大西洋をこえてカナダへ渡ったんだけど、でも亡くなる前にいったんだ。もう一度だけパリを見たいって」

コリンヌが口を閉ざすと、沈黙が雪のように降りつもった。モントラシェは無言のまま少女を見つめている。敵意はないが、きびしい目つきだった。いいかげんな答えかたをしたら赦《ゆる》さんぞ、という目つきだ。そのことをコリンヌは全身で感じた。

「だから、会ったこともないけど、ナポレオン皇帝という人の気持ちが、すこしだけわかるような気がする」

「というと？」

「パリをもう一度、見たかっただろうなって。絶海の孤島で、海に沈む夕日をながめながら、パリに帰りたかっただろうなって」

コリンヌは手でカワヤナギの幹をなでた。モントラシェの目つきがわずかに変化したが、コリンヌを見つめる態度は変わらない。

「だから、ナポレオン皇帝が『双角獣の塔《ツヴァイホルン》』に幽閉されているとしたら、パリにつれていってあげたい。一度でいいからパリを見せてあげたいんだ」

コリンヌは、カワヤナギの幹に手をあてたまま、まっすぐモントラシェを見た。

「おとなたちには政治的な判断がいろいろあるだろうけど、わたしはただそれだけ。皇帝にとっては、きっとよけいなお世話だね。でも、わたしはそうしてあげたい。父にパリを見せてあげることができなかったから」

モントラシェは、はっきりと目を和ませた。息を吐き出し、しみじみとした声を出す。

「マドモアゼル、おまえさんはいい娘《こ》だ」

「そうかな。カナダでは、おてんばだとかジャジャウマだとかいって、みんな、わたしのこと、あきれてたけど。祖父もそう思ってるにちがいないし」

「いや、おまえさんは将来きっとカナダ随一《ずいいち》のマダムになるだろう。吾輩がそれを見ることは、残念ながらないだろうがね」

モントラシェは、かるく片手をあげた。

「じゃまをして悪かったな。戦いの準備がととのったら呼びにくるから、それまでゆつくり樹と話してなさい」

踵を返そうとする男を、コリンヌは呼びとめた。

「モントラシェ」

気づいたように、いいなおす。

「ムッシュ・モントラシェ、お願いがあります」

コリンヌが必要以上に礼儀ただしいので、モントラシェは笑い出しかけたが、すぐにそれを抑えて、しかつめらしく応じた。コリンヌはかしこまって申し出た。

「ほう、何ですかな、マドモアゼル」

「剣を教えてほしいのです」

モントラシェは片方の眉を動かした。

「マドモアゼルの身は、吾輩やあの海賊が守る。急に剣を学んでも、すぐ習得できるものではないし、無理をせんほうがいい」

「ありがとう、でも、なるべく自分で自分を守れるようになりたいんです」

モントラシェはだまって数歩あるいた。つながれた馬のそばまでいって、もどってくると、両手に、鞘におさまった剣をにぎっていた。その一本をコリンヌに投げる。

「ほれ、マドモアゼル」

反射的に、コリンヌはそれを受けとった。手から剣の重さがつたわってくる。剣を抜くようにいわれるかと思っていると、モントラシェは思いもかけぬ言葉を投げつけた。

「よし、それでマドモアゼルは、自分を殺す権利を相手にあたえたわけだ」

一瞬、コリンヌが声を出せずにいると、モントラシェはひょいと手首をひるがえした。かわす間もなく、コリンヌの顎《あご》の下に、銀灰色《ぎんかいしょく》の刃が突きつけられる。いつのまに鞘から剣を抜いたのだろう。

コリンヌは声を出そうとしたが、できなかった。呼吸することすらできない。鞘ごと剣をにぎったまま、凍りついてしまった。

「マドモアゼル、吾輩は戦場でずいぶん多くの敵を倒してきた。アウステルリッツでオーストリア兵を、イエナでプロイセン兵を、ボロディノでロシア兵を、ワーテルローでイギリス兵を……ほかにも、ずいぶんとな」

コリンヌはようやく声を出すことができたが、かすれていて自分の声とも思えなかった。

「ラフィット船長がいってた。あなたは歴戦の勇者にちがいないって」

「あの海賊は、くえないやつだ。だが、人を見る目はあるようだな」

モントラシェは微笑すらしない。コリンヌを見る両眼は、剣の刃よりも鋭く、少女の心臓に突き刺さってくる。

「はじめて剣をにぎった未熟者は、とんでもない思いちがいをする。自分は人を殺す資格をあたえられた、とな。まったくとんでもない。武器を持つということは、自分を殺す権利を相手にあたえる、ということなのだ。そのことを、戦場で思い知ることになる。それがわからないやつは、生きのこったところで、一生、戦士にも勇者にもなれない。ただの人殺しで生涯を終えることになる」

コリンヌの目を見つめたまま、モントラシェは剣を引いた。

「悪かったな、マドモアゼル、おどろかせて」

コリンヌは「いいよ」と答えたかったが、声が出てこないので、二度くりかえしてうなずいた。かるがるしく剣を学びたいなどというものではない。身にしみてコリンヌは思い知ったのである。

「マドモアゼル、これだけはいっておく。吾輩はずいぶん剣もふるったし、銃も撃った。だが、武器を持たない者を傷つけたり死なせたりしたことは一度もない」

「信じるよ」

ようやくコリンヌは声を出した。心からそういった後、つけ加えてたずねた。

「女や子ども、それに病人や負傷者を殺したことはないんだよね？」

「あたりまえだ」

おちつきを取りもどすと、すこし意地悪な気分になって、コリンヌは問いをかさねた。

「それじゃ、武器を持った女に攻撃されたときは、どうするの？」

「武器だけ、たたき落とす」

「それができないときは？」

「この世でもっともすぐれた戦術を使うね」

「それって？」

「すたこら逃げ出す」

生真面目《きまじめ》なモントラシェの表情と声で、コリンヌはかえって心が溶けてゆるむのを感じた。

「だったら、わたしがここで剣を抜いたら、あなたは逃げ出す？」

すると、モントラシェは、表情をくずしかけて、それをとめた。

「マドモアゼル、子どもがおとなをからかってはいかんなあ」

「わたしは子ども？」

「おとなをからかって、勝ったつもりになっているうちは、まだまだ子どもだな」

コリンヌは顔が赤くなるのを自覚した。モントラシェは父親のような笑いかたをした。

「さて、そろそろ陣地にこもるとしようか」

「河岸の馬車屋だね」

「後ろが河だ。なかなか守りやすいところにある」

ふたりは肩をならべ、河にそって林の中を歩いていった。

III

グールメールとモンパルナスは、コリンヌたちの近くにいた。ライン河の豊かな流れを右にながめながら、南からコリンヌたちにせまっていたのだ。

もちろん、ふたりだけではない。覆面の男が同行していたし、三日ほどの間に、したがう人数は百人をこえていた。近くの町や村でフラン金貨をばらまいて、無法者や乱暴者をかきあつめたからだ。

グールメールとモンパルナスは、自分たちでは認めなかったが、いささかあせっていた。何とかまにあった、という気分だったのだ。

もともとグールメールは乗馬があまり得意ではなかった。熊のような巨体だ。彼を乗せているだけで、馬はつかれてしまう。だから、一日に何度も馬を替えねばならず、なかなかコリンヌたちに追いつけなかった。

「おい、グールメール、ざまはないな」

若いモンパルナスが、気短にののしったものだ。

「小娘どもの先まわりをして、ライン河のほとりで待ち伏せするって、そういってたよなあ。それがどうだ、先まわりするどころか、追いつけやしねえ。小娘どもがライン河を渡って『双角獣の塔《ツヴアイホルン》』に着くのを、おれたちはこちらの岸で指をくわえて見守らなきゃならねえのか」

グールメールがむっつりと黙りこんでいるので、モンパルナスの舌鋒《ぜつぽう》はさらに鋭くなった。

「『暁の四人組《パトロン・ミネツト》』ともあろうものが、とんだ恥さらしだぜ。手ぶらですごすごパリにもどったら、何といわれることか。おれたちのことを誰もこわがらなくなるだろうよ」

そして何とかライン河に着くと、モンパルナスの不機嫌はべつの方角に向けられた。

「こいつら、フランス語が通じるんだろうな」

疑わしげにモンパルナスが男たちをながめまわすと、グールメールが答えた。

「だいたい通じる。身ぶり手ぶりも使えるし、そもそもそんなに複雑な命令を出すわけじゃねえからな」

「けっ、花のパリで鳴らしたおれたちが、ライン河くんだりで、ろくにフランス語も通じねえ田舎者どもをかき集めて小娘狩りとは、出世したもんだぜ。ありがたくて涙が出らあな」

「いいかげんにしろ、モンパルナス」

グールメールのうなり声は、冬眠からさめた熊のようだった。この大男を本気で怒らせると、まずいことになるので、さすがにモンパルナスも口を閉じた。

男たちはグールメールの命令にしたがっていくつもの箱や袋を運んできた。グールメールは箱のひとつに手をかけると、釘《くぎ》が打たれたままの蓋《ふた》を、無造作に引きはがした。モンパルナスに、箱の中身を指さしてみせる。

「それよ、武器だ」

フランスのマスケット銃、イギリスのベーカー小銃、プロイセンのイェーガー小銃……いずれもこのころヨーロッパ各国で使われていた銃である。

モンパルナスは一丁の銃を手にしてみたが、すぐ眉をしかめた。

「中古品ばかりじゃねえか。ちゃんと使えるんだろうな」

「しょうがねえだろ。このご時世だ、すこしばかり武器をまとめ買いしたら、すぐ官憲に目をつけられる。革命でもたくらんでるんじゃないか、ってな」

「使えもしねえものを、高値で売りつけられたんじゃねえか」

「いいかげんにしろといってるだろう、モンパルナス。今回の件で、てめえは不平が多すぎる。そんなにいやなら、仕事からおりてもいいんだぜ」

グールメールに、ぎろりとにらまれて、モンパルナスは視線をそらした。髭面の大男が、武装した百二十人の無法者をしたがえて歩き出すと、モンパルナスも不平満々という態《てい》ながら、最後尾について歩きはじめる。

目的の馬車屋に近づくと、グールメールとモンパルナスは無法者たちを林のなかに待機させ、忍び寄ってようすをうかがった。いつのまにか覆面の男も彼らのそばにいる。

「頭がおかしいぜ、あいつら」

モンパルナスが吐きすてた。

「たった四人で、百二十人と戦うつもりでいやがる。逃げ出すようすもねえ。生命が惜しくねえのか」

「自信があるのさ」

そう答えたのは覆面の男だ。モンパルナスは声をおしころした。

「ああ、そうかい。だったら、やつらには、自信を持ったままこの世からいなくなってもらうとしようか」

百二十人あまりの無法者たちが、武器を持ったまま、ラインの岸辺の道を移動していく。そのなかの十人ぐらいは馬に乗っていた。彼らの姿を見て、付近の人々はおどろき、あわてて子どもや老人を家の中にかくした。

「来た来た」

馬車屋の中で、窓から外をのぞいていたのはアレクだ。

「百人以上いますよ。だいじょうぶですか」

「危機に立ち向かうには勇気が必要だ。危機を切りぬけるには知恵が必要だ。子どもは、とかく知恵のほうがおろそかになる」

そういいながら、モントラシエが、みがき終えた剣を鞘におさめた。

足早に、はいってきた中年の男がいる。馬車屋の主人だった。

「お客さんたち、こまりますよ。わたしらは地道な商売をしてるんです。戦争が終わって十五年にもなるってのに、迷惑をかけられるのはごめんですぜ」

「迷惑はかけることになる」

「そ、そんな……」

「ただし、迷惑代は充分に支払う。官憲に通報して事情を説明してもらうが、その代金もふくめて、これだけでどうかな」

ラフィットからずしりと重い袋を手渡されて、馬車屋の表情がくずれかけた。あわてて表情を引きしめると、すこし袋の口をあけて中身をたしかめる。わざとらしい咳《せき》ばらいをひとつ。

「ちょっと不足ではありますが、こまっている人を助けるためだから、まあいいでしょう。何なりと申しつけてください」

「それじゃ馬車と馭者を四組……」

ラフィットと馬車屋の主人が密談を終えてしばらくしたとき、外で物音がした。重いものが地をゆるがす音だ。

コリンヌは窓からのぞいてみた。

広くもない街道を、ひしめくように近づいてくるものがある。武器を手にした男たちだ。服装がばらばらなので、軍隊ではない。先頭を切っているのは十頭ほどの馬で、それに乗った男たちは左手で手綱をあやつりつつ、右手に銃をかざしていた。

「策もなく、正面から押し寄せてくるぞ」

「人数をたのめば、そうなるさ」

「こまった素人《しろうと》たちだ」

「まったくだな」

モントラシエとラフィットは、それぞれ左右の手に垂直二銃身拳銃をつかんだ。窓から慎重に狙いをさだめる。「よし」とつぶやいたのはどちらかわからないが、発砲したのは同時だった。

馬上で、敵の姿勢がくずれた。苦痛の叫びをあげたようだが、馬蹄《ばてい》のとどろきにまぎれて、はっきりとは聞こえない。とにかく、たてつづけに四人が落馬したことはたしかだった。

無法者たちはひるんだように見えた。徒歩の者はあわてて左右に散り、樹や建物の蔭に飛びこんだ。その場で地面に伏せた者もいるが、さえぎるもののない路上なので、伏せたまま動けなくなってしまった。うかつに動けば撃たれてしまうからだ。

樹や建物の蔭から、無法者たちが射撃をはじめた。

たてつづけに銃声がひびき、初冬の空気が震えた。コリンヌの近くの樹を銃弾がうがち、樹皮がちぎれ飛ぶ。青とも灰色ともつかない煙があがり、それが風に流されると、こげくさい硝煙《しょうえん》の匂いがひろがった。

「だいじょうぶですかね」

すこしばかりうわずったアレクの声に、おちつきはらったモントラシェの声が応じる。

「あまりはでに銃声をたてると、近くの軍隊が気づいてやって来る。そうなったら、こまるのは、やつらのほうだ」

「どこの軍隊？」

「さて、フランス軍かプロイセン軍か。それより、はやいところ銃に弾丸をつめてくれ」

年長のふたりが射撃手で、年少のふたりが弾丸をこめる役なのだった。コリンヌとアレクが、いそいで弾丸をこめる。

窓の外を観察したラフィットが、皮肉な笑い声をあげた。

「間をおいて、第二波の攻撃か」

「こりない素人たちだ」

「まったくだ」

またしても四発の銃声が初冬の空気を引き裂き、四頭の馬が鞍を空《から》にして左右へ走り去った。

モントラシェが拳銃をおろしてつぶやいた。

「子どもの教育に悪いからな。なるべく殺したくはない。だが、運悪く死んだとしても、うらんでくれるなよ」

「いずれ地獄で出会うさ」

ラフィットがそう応じた。

Ⅳ

たちまち八人が負傷し、八頭の馬が逃げ出して、「暁の四人組《パトロン・ミネット》」は思わぬ損害を出した。モンパルナスは歯ぎしりし、グールメールに向かってどなった。

「こうなったら、全員いっせいに突撃だ！」

覆面の男が、気の短い若者を制した。

「待て、モンパルナス、あまりはでに銃声をたてると、軍隊がやって来る」

「いまさら何をいってやがる。さっさと小娘どもをかたづけて、軍隊が来るまでに逃げ出せばいいんだ。そうだろ、ちがうか」

「だとしても、正面からだけ攻撃をつづけたら、損害が増えるばかりだ。正面からは射撃をつづけさせて、その間に、おまえたちは裏へまわれ」

自分が裏へまわる、とは覆面の男はいわないのだ。そのことにモンパルナスは気づいたが、ほかに名案もなさそうなので、十人ばかりの無法者をひきいて、馬車屋の建物の右手へまわりこんだ。ナイフを持ったふたりの男に先行させる。彼らが裏口の扉をあけようとしたとき、いきなり扉が内側から開いた。棍棒を手に飛び出したのは若い大男、つまりアレクだ。

「なめるなよ、ぼくは天才で、おまけにデュマ将軍の息子なんだぞ」

アレクは太い棍棒を振りあげると、力まかせに振りまわした。

 ひと払いで、二本のナイフが宙に飛んだ。思いきり頭をなぐられた無法者がひっくりかえってうめき声をあげる。モンパルナスは逆上した。

「撃ち殺せ！」

怒号につづいて銃声がひびき、アレクはあわてて扉から中へ逃げこんだ。

「冗談じゃない。ぼくがこんなところで死んだら、フランスどころか全ヨーロッパの文学史が変わってしまうぞ」

「そうだな、文学史が変わる前に、現在の状況を変えるとしようか」

ラフィットがいい、モントラシェと顔を見あわせてうなずきあう。

三分ほど後。

モンパルナスが見ていると、馬車屋のようすがおかしい。馬小屋のあたりで人影が動きまわったかと思うと、小屋の戸が開かれて、一台の二輪馬車が走り出た。馭者は顔をかくし、身を低くしている。立ちさわぐ無法者たちに目もくれず、ひたすら疾走していく。

「馬車を追え！　あの馬車に小娘が乗っているぞ！」

グールメールが咆《ほ》えた。無法者たちは口々に叫び声をあげ、銃や棍棒をかざして走り出した。彼らが何歩か走ったとき、モンパルナスが大声をあげて制止した。振り向くグールメールに、無言で指さす。馬小屋から二台めの馬車が走り出し、最初の馬車と反対の方向へ逃げはじめたのだ。無法者のひとりがどなった。

「どっちの馬車を追えばいいんだ!?」

その質問は、たちまち、つぎのように変わった。

「おい、どの馬車を追えばいいんだ!?」

三台めの馬車があらわれ、これまたべつの方角へ、土煙をあげて走り去ろうとする。さらに四台めが走り出すのを見ても、無法者たちはもはや何もいわなかった。茫《ぼう》然《ぜん》と立ちすくむ彼らに、モンパルナスが怒声をあびせる。

「囮《おとり》に目をくらまされるんじゃねえ！　本物をきちんと見分けろ！」

「どうやって？」

とは、当然の質問だ。モンパルナスは、それに答えることができなかった。怒りと混乱にとらわれて立ちつくす。大声で指示を下したのは、グールメールだった。

「一台を二十人ずつで追いかけろ。残りの者は、おれたちにつづけ。モンパルナス、何のためにこれだけの頭数をそろえたんだ。兵力を分散させろ」

「お、おう」

夢からさめたように、モンパルナスはうなずいた。若々しい顔に、肉食獣の表情がひろがった。

「あらかじめいっておいたとおりだ。小娘はとらえろ。あとのやつらはその場で殺せ」

モンパルナスにあおられた無法者たちは、興奮の叫び声をあげて建物に殺到した。さきほどアレクが出てきた裏口の扉にたどり着くと、激しく体あたりする。扉が内側に倒れこむ。

先頭に立って躍《おど》りこんだ男が、わっと悲鳴をあげて身をかがめた。銃を放り出し、太腿《ふともも》をかかえこんで地にころがる。太腿から血が噴きこぼれ、ズボンを赤く染めた。

「剣を持ってやがるぞ!」

そうどなったふたりめの男が、銃声とともに右肩をおさえてよろめいた。指の間から赤いものが飛び散った。

「剣だけでなく、銃もあるぞ」

笑いをふくんだ声は、ラフィットのものだ。

「生命が惜しければ、さっさと逃げろ。追わないでおいてやる。パリから来た三流の悪党どものために死ぬなんて、ばかばかしいぞ」

「てめえ、まずその舌を切り落としてから殺してやるぞ」

モンパルナスは右手のナイフを握りなおした。家の壁に背をつけ、用心深く扉口《とぐち》へと近づいていく。グールメールもつづいた。右手に軍刀を抜き放ち、左手に巨大な棍棒をにぎっている。無法者たちは勇気をふるいおこして、ふたたび建物に飛びこもうとした。

何か大きな物体が、扉口から飛び出した。無法者たちは喚声《かんせい》をあげて棍棒を振りおろし、ナイフを突き刺した。「ひとりやったぞ」という声がして無法者たちはどよめいたが、それも一瞬のことだった。

「見えすいた手に乗るんじゃねえ、まぬけども！」

その物体を蹴飛ばしたのはモンパルナスだ。人間のように見えたのは、安物の毛布を丸めて、ぼろぼろの衣服をくくりつけたものだった。

その間に、グールメールは猛獣みたいに扉口へ飛びこんでいた。明るいところから暗いところへ、いきなり飛びこんだので、すぐには目が見えない。見えないままに、グールメールは左手の棍棒を振りまわした。

「出て来い！　ぐずぐずしていると、頭をたたき割ってくれるぞ！」

おそるべき怪力だった。棍棒のただ一撃で、太い柱がへし折れたのだ。木片が飛び散り、屋根が揺れ、天井から埃《ほこり》が舞い落ちる。

グールメールの左右にいた無法者たちが、おびえたように首をすくめた。建物全体がくずれ落ち、下敷きになってしまうかもしれない。

「こ、ここにはいねえよ。外へ出ようぜ」

声をうわずらせ、身をひるがえして小屋の外へ逃げ出す。ほとんど同時に悲鳴があがった。

「わっ、ここにいやがった！」

グールメールは外へ躍り出た。彼が見たのは、肩や太腿の傷をおさえてのたうつ無法者たちの姿だ。

身がまえようとした瞬間、銀色の光が視界を走った。熱い痛みが、グールメールの左胸をえぐった。

「動くなよ、でかいの」

動くどころか、グールメールは声も出せない。右手で大きく軍刀を振りかぶり、左手に棍棒をつかんだまま、敵の姿をにらみつけるだけだ。剣をかまえて微笑するモントラシェの姿を。

「いま、吾輩の剣は、お前さんの服と皮膚をつらぬいて、左胸の筋肉に突き刺さっている。第三肋骨《ろっこつ》と第四肋骨の間だな」

「うう……」

「剣の刃が横に寝ていることに注意しろよ。このまま剣を一センチ前へ進めれば、剣《けん》尖《さき》が心臓に達する。お前さんは死ぬ」

「………」

「死にたくなければ武器をすてろ」

グールメールはうめいた。そのうめき声が終わったとき、彼の巨大な両手から、軍刀と棍棒がすべり落ちた。

「グールメールがつかまった！」

「もうだめだ、逃げろ」

叫び声がおこり、無法者たちはうろたえて逃げ散りはじめた。

「ばかやろう、逃げるな、役立たずども！」

モンパルナスはわめいたが、人の気配を感じて身をひるがえした。三歩ほどの距離をおいて、ラフィットがたたずんでいる。

「ナイフがご自慢らしいな、お若いの」

「おれはパリで一番のナイフ使いの名人だ」

モンパルナスがナイフを振ってみせると、ラフィットはくすりと笑った。

「何がおかしい!?」

「いや、どうやらパリはカリブ海よりずいぶんせまいと思ってな」

「どういう意味だ」

「君ていどのナイフの使い手なら、カリブ海にはざらにいる。とても名人あつかいはしてもらえんよ」

モンパルナスはものもいわずに一歩踏みこむと、ナイフを宙に走らせた。これまで何人もの人を、ナイフで殺してきたのだ。ラフィットは咽喉《のど》から血をほとばしらせて倒れるはずだったが、優雅な身ごなしでナイフをかわした。

「海賊の決闘法を教えてさしあげよう、モンパルナス君」

ラフィットの左手には、絹のハンカチがにぎられていた。そして右手には、柄《え》に人魚の姿を彫刻《ちょうこく》した、りっぱなナイフ。

「このハンカチの両端を、君と私とで口にくわえる。そしてナイフで渡りあうんだ」

モンパルナスはいぶかしげな表情をしたが、すぐに理解したようだ。たけだけしい笑い声をあげてナイフをにぎりなおす。

「こいつはおもしれえ。至近距離で、逃げも隠れもできねえわけだな。よかろう、海賊のやりかたで、てめえを殺してやるぜ」

V

三人の仲間に見守られながら、ラフィットはハンカチをモンパルナスに差し出した。

「もし口からハンカチを離したら、死にまさる恥辱《ちじょく》だと思うんだな、モンパルナス君」

「恥をかくのは、てめえのほうだ」

「元気でけっこう、それでは、はじめるとしようか」

ラフィットがハンカチの角の部分をくわえた。その反対側の角を、モンパルナスがくわえる。ハンカチの布地を、破れるほどに強くかんで、ラフィットをにらみつけた。兇暴《きょうぼう》な炎が両眼に燃えあがる。コリンヌやアレクは声もなく見守っていた。

前ぶれもなく、決闘は開始された。

モンパルナスのナイフがひらめき、まっこうからラフィットの心臓をおそった。だが彼の右腕が伸びきるより早く、ラフィットのナイフが横へ走っていた。鋭い金属音とともに、モンパルナスのナイフがはじき返される。

両者の間隔はあまりにせまかった。大きなハンカチの対角線の長さしかないのだ。完全に腕を伸ばすこともできず、肘《ひじ》から先だけを激しく動かし、ナイフとナイフを打ちあわせる。

ハンカチをくわえたまま、ふたりは右へ左へと移動した。右手のナイフで火花を散らせながら、左手で敵につかみかかり、なぐりつける。ひとりが腰をひねってナイフをかわすと、宙でハンカチがねじれ、もうひとりが身体を泳がせる。短い時間のうちに、ラフィットもモンパルナスも汗まみれになった。よく見ると、ふたりとも上着の襟もとや胸のあたりが何ヵ所も切り裂かれている。

いきなりモンパルナスが前方に躍り出し、ラフィットの顔面に切りつけた。ラフィットの左頬から血が飛んだように見えてコリンヌは、はっとした。だがラフィットはすこしも動じない。左脚を引いて相手のナイフを間一髪、宙に流すと、自分のナイフを猛然と突き出した。

「ちくしょう《モン・デュ》！」

モンパルナスの口から激しい罵声がほとばしった。声が出たということは、ハンカチから口を離したということだ。

モンパルナスの敗北だった。ラフィットのすさまじい突きをかわすには、ハンカチを離して飛びさがるしかなかったのだ。

ラフィットの口からハンカチが垂れさがっている。左手でハンカチをつかむと、ふわりと横へ投げ出した。

「私の勝ちだな、モンパルナス君」

ラフィットはかるく両手をひろげて余裕たっぷりだ。

「まあ、君もなかなかよくやったよ、モンパルナス君、子どもにしてはな」

モンパルナスはやにわにナイフの柄《え》を両手でつかむと、ラフィットめがけて突進した。

「あぶない、船長！」

コリンヌは叫《さけ》んだ。いや、叫んだときにはもう行動していた。彼女は無法者のひとりが放り出した棍棒をひろいあげていたのだが、それをモンパルナスの脚のあたりに投げつけたのだ。

棍棒がモンパルナスの脚にからまった。彼はもんどりうって地に倒れた。手からナイフが飛んで地にころがる。ナイフがころがった場所に、大男グールメールが立っていた。彼はモンパルナスのためにナイフをひろいあげてやることができなかった。背後からモントラシエが、グールメールの頸動脈《けいどうみゃく》に剣を押しあてていたからだ。

「ありがとう、マドモアゼル、いい腕だ」

ラフィットがコリンヌをほめ、起きあがろうともがいているモンパルナスの襟首をつかんだ。

「武器を持たない者を殺すわけにはいかんな。めんどうだが、縛りあげておこう」

「なぜコリンヌをねらっているのか、尋問《じんもん》しなくていいんですかね」

アレクがいうと、ラフィットは皮肉っぽい目でモンパルナスの顔を見た。

「根本的な原因はわかっている。ブリクール伯爵家の財産だ。それにともなって、もろもろの事情があるのだろうが、尋問しても簡単には答えまい。子どもの教育上、拷問はやりたくないし、どのみち時間もない」

「賛成だな」

と、モントラシェが応じる。

グールメールとモンパルナスは、たがいに背中をくっつけあって、樹の下に立たされた。ラフィットはふたりの首に太いロープをかけまわした。おなじロープの端でふたりの両手首をゆわえつけ、もう一方の端を樹の枝に投げた。さらにあまった分を樹の幹に縛りつける。

「海賊式にロープをむすんでおいたからな。うかつにほどこうとすれば、かえって首がしまるぞ。まあ、どうせ君たちはいつかつかまって絞首台《こうしゅだい》に上ることになるだろうから、予行演習しておくのもいいかもしれんな」

逆上したモンパルナスが、ラフィットに向かって顔を突き出し、何かどなろうとする。とたんにグールメールの首が絞めあげられた。

「ば、ばかやろう、おれを絞め殺す気か！」

必死になったグールメールが首を振ると、今度はモンパルナスの首が絞めあげられる。

「そ、そっちこそやめろ」

モンパルナスがいましめを解こうとして右手を動かすと、グールメールの左手が締めあげられる。ラフィットの海賊式の縛りかたでは、けっしてふたり同時に助からないようになっているのだ。ふたりがついにロープを解くのをあきらめ、ふてくされたように動かなくなると、ラフィットが仲間たちに笑顔を向けた。

「さて、こいつらは西の岸に置き去りにしておいて、我々はライン河を渡るとしようか」

「いよいよ『双角獣の塔《ツヴァイホルン》』にいくんですね」

「まあライン河を渡ったら、きちんと場所をたしかめて、それからだな。まず、適当な船を見つけるとしよう」

四人はいそいで荷物をまとめ、馬にまたがった。

コリンヌたちが去ると、いれちがうように人影があらわれた。覆面をして目と口だけを出した男で、さらに帽子を深くかぶっている。小走りに近づいたのは、背中あわせに縛りあげられたグールメールとモンパルナスのいるところだった。上着のふところからナイフをとり出すと、太いロープの三ヵ所ほどを切断して、ふたりを解放する。

「助けてもらって、おれたちが礼をいうとでも思ってやがるのか。いまごろになって、のこのこ出てきやがって」

助けられたモンパルナスは、礼をいうかわりに、そうののしった。ののしりながら、眉をしかめて首をなでる。ロープの痕《あと》が皮膚にのこっていた。

グールメールのほうは、ののしりはしなかったが、無愛想に問いかけた。

「で、どうするのだ」

覆面の男は顔をグールメールに向けたが、何もいわない。グールメールは、声に力をいれて問いをかさねた。

「おれたちもライン河を渡るのか、と聞いているんだ」

覆面の男は、グールメールとモンパルナスを等分にながめながら、首を横に振った。

「いや、その必要はない」

「だったら、あきらめるのか。あれだけ準備して、これで終わりか」

「そうはいっていない」

「やっていられねえ！」

突然モンパルナスがわめいた。荒々しい足音をたてて歩き出す。

「こんなやっかいな仕事、これ以上やっていられるか。やりたきゃ好きにしろ。おれはパリへ帰る」

「百二十人もかかって、たった四人にしてやられ、それでおめおめ引きさがるのか？」

モンパルナスの足がとまった。ゆっくりと覆面の男を振り返る。兇悪な目つきだったが、覆面の男は平然としていた。

「このままパリに帰ったら、おまえたちは負け犬だ。暗黒街の連中は、これまで『暁の四人組《パトロン・ミネット》』の名を聞いただけで慄《ふる》えあがったものだが、これから先はそうはいくまい。モンパルナスやグールメールの名を聞いたら、腹をかかえて笑い出すことになるだろう」

覆面の男がいうのを聞きながら、モンパルナスは地面を見た。ついさっきまで彼を縛っていたロープが、切断されて落ちている。

「ああ、たしかにそうなるかもしれねえな。ただし、そいつは、てめえがぺらぺらとよけいなことをしゃべった場合だ」

モンパルナスは手を伸ばしてロープをひろいあげた。

「いっそ、てめえの口をふさいだほうがいいかもしれねえなあ。あの気どった海賊やろうは知らないだろうが、おれはナイフとおなじくらいロープも使えるんだ」

「やめろ、モンパルナス」

グールメールの声は、傷ついた熊のうめきを思わせた。モンパルナスは両手でロープをぴんと伸ばしたまま動きをとめた。

グールメールが覆面の男をにらんだ。

「いっておくが、モンパルナスだけじゃねえ、笑われるのは、おれもきらいだ。てめえ自身のため、口に気をつけることだな」

「たしかにいいすぎたようだ、どうか気を悪くしないでくれ」

覆面の男は、かるく頭をさげた。それを見て、グールメールがまた問いかける。

「ライン河を渡る必要はない、といったが、それではみすみすやつらを見逃すことにならねえか」

「我々はライン河の西で待っていればいい。小娘たちは『双角獣《ツヴァイホルン》の塔』で目的を達したら、すぐに河を渡ってこちらへやってくる。それを待ち伏せすればいいんだ」

グールメールが首をかしげる。

「やつらが目的を達しなかったら？」

「そのときは、小娘たちは永久に帰ってこない。我々は手を汚さず、やつらを排除できるというわけだ」

「うまい話だな」

グールメールの声にふくまれた皮肉に、覆面の男は気づかないふりをした。

「『双角獣《ツヴァイホルン》の塔』に何が待っているか知ったら、小娘たちも、うかつにライン河を渡る気にはなれなかったろうよ」

「何が待ってるっていうんだ」

かみつくようにモンパルナスが問いかけたが、覆面の男はそっけなかった。

「おまえたちが知る必要はない」

いい終えないうちに、いそいで帽子をおさえた。風で飛ばされそうになったからだ。ついでに覆面の具合もたしかめると、男は、モンパルナスとグールメールに背を向け、急ぎ足で歩き出した。

グールメールも無言で歩き出す。モンパルナスは手にしたロープを地面に放り投げた。

「気にいらねえ、まったく気にいらねえ」

モンパルナスのうなり声は、ライン河の水面《みなも》を吹き渡る北風に乗って、どこかへ飛び去っていった。

第四章

コリンヌはライン河を渡り双角獣《ツヴァイホルン》の塔までたどりつく

I

ライン河を渡る途中で、上流から川霧が押し寄せてきた。冬の雲が地上へ降りてきたかのようで、たちまち谷間は、青みをおびた灰色の気体に埋めつくされてしまった。

目に見えない冬の女神が、冷たく湿った手で人間たちをなでまわす。ふと気づくと、頬も服も帽子も、水をあびたようにぐっしょりぬれている。

ライン河を渡る小さな舟の上で、コリンヌは上着の襟を立てて寒気をしのいだ。吐く息も白いはずだが、体外へ出ると同時に霧の一部になってしまって、ろくに見えない。ときおりアレクの盛大なくしゃみが静けさを破る。

舟が東岸に着くと、すこしにぎやかになった。舟着き場に何人かの芸人がいて、バイオリンを弾き、流行の歌をうたって、観光客を迎えているのだ。つい最近つくられた「ローレライ」という歌だった。

なじかは知らねど心わびて
昔の伝説《つたえ》はそぞろ身にしむ
寥《さび》しく暮れゆくラインの流れ
入日《いりひ》に山々　赤く栄《は》ゆる……

（近藤朔風《こんどうさくふう》訳）


「何とも感傷的な曲だな」

モントラシェの声に、ラフィットが応じる。

「だが悪くない」

「まあな、そう悪くはない」

しぶしぶ認めた、というモントラシェの態度である。ひきつづき、こう尋ねた。

「作者は誰なんだ」

「作詞はハインリッヒ・ハイネ、作曲はフリードリッヒ・ジルヒャー」

「くわしいじゃないか」

「ハイネは売り出し中の詩人だよ」

とっくに正午をすぎていたので、一同は料理屋をさがした。半時間ほども歩いて、ようやく高台に一軒の店を見つける。いれかわりに、十人ほどのイギリス人たちが出ていくところだった。テーブルをかたづけにきた中年の亭主に、ラフィットがドイツ語で話しかける。

「イギリス人が、ずいぶん多いな」

「ええ、そうなんですよ。増える一方なんで、うちじゃ息子に英語の勉強をさせてます。お客さんのざっと半分がイギリス人なんで、英語がわからないと、商売になりゃしません。むずかしい時代になったもんでさ」

ぼやいてみせたが、亭主の顔は上機嫌である。一年間に六万人もの観光客がイギリスからやってくるというのだから、当然だろう。

「イギリス人がおおぜい押しかけてきて、何かこまるようなことはないかね」

「こまることって、べつにないんですが、そうそう、イギリス人ってやつは何だってああ幽霊だの怪談だのが大好きなんですかね。ほら、あそこに小さな城があるでしょう？」

亭主は太い指をあげて、窓のガラスごしに外をさししめした。

「霧でよく見えんな」

「あるんですよ。霧が晴れたら見えますから、お待ちください」

いいながら、パンの籠やスープ皿をテーブルに並べていく。

「この前もイギリス人の客が来ましてね、あの城を指さしては、しつこくたずねるんですよ。あの城に幽霊は出ないのかってね」

「出るのかね」

「出るもんですか。たかだか百年ぐらい前に、旅商人から通行税を取り立てるためつくられた小城ですぜ。出るのは幽霊どころか、税金をふんだくる下っぱ役人だけでさあ。まあ、そっちのほうが幽霊よりタチが悪いですが、そう答えたって客は喜びませんや。そうでしょ、お客さん？」

「たしかにそうだな。で、何と答えた？」

ラフィットが質問すると、亭主は、心地よさそうに笑った。

「吸血鬼が出るんだって答えてやりましたよ。そうしたら、イギリス人のやつ大喜びでね、どんな吸血鬼だ、男か女か、貴族か庶民か、と、もう根掘り葉掘り……まったく、ありゃもう病気ですなあ」

亭主は片目を閉じ、肩をすくめてみせた。

すると、香ばしい雉子肉《きじにく》のスープを運んできたおかみさんが声をあげた。

「あら、おまえさん、吸血鬼が出るっていったの？」

「いったさ、商売のうちだ。それがどうした」

「あたしはさ、別のことをいってしまったんだよ。まずいかしらね」

「何ていったんだ」

「狼男が出るって。そしたら、えらく喜んだから、ついいろいろしゃべってしまったんだけど」

「何をくだらないことを心配してるんだ。吸血鬼も狼男も似たようなものじゃないか。そんなことを気にするのはイギリス人ぐらいのものだし、あいつらだって一生に二度もライン河へやってきやしない。美しい風景を見て、こわい話を聞いて、満足して帰っていく。そしてそれを一生の思い出にするだろう。おれたちは、あいつらに思い出をあたえてやったんだ。感謝してもらっていいくらいさ」

亭主の演説はみごとなもので、一同は思わず拍手したくなったくらいである。

テーブルの上に食器を並べると、亭主はいったん厨房《ちゆうぼう》に引っこんだ。つやつやと血色のよい小肥《こぶと》りのおかみさんにささやく。

「おい、あのお客たちをどう思う？」

「悪い人たちじゃなさそうだけど、ちょっと変わってるね。家族には見えないけど、じゃ、いったい何かしら」

「娘っ子を誘拐してきたってわけでもなさそうだし……まさか、『双角獣《ツヴァイホルン》の塔』にかかわってる連中じゃないだろうな」

「まさか、女の子がいるのに。もしそうだとしても、かかわらないほうがいいよ。わたしらに関係ないことさ」

亭主が四種類のパンを山盛りにして運んでくると、アレクが声をかけた。彼は壁にかかった店の宣伝文を読んでいたのだ。

「ベートーベンが来たって書いてあるけど、それはいつのことだ？」

「ええと、たしか去年……」

「嘘をつくな。ベートーベンはたしか三年前に死んだぞ」

「だって去年の夏たしかに来て、そこのテーブルでモーゼル葡萄酒を三本もあけていきましたぜ」

たまりかねてアレクは亭主を一喝《いっかつ》した。

「いいか、世紀の大作曲家ルードヴィヒ・ファン・ベートーベンは三年前、一八二七年に死んだ！　歴史上の事実だぞ！」

「作曲家？　ああ、そりゃ別人だ。この店に来たのは画家でしてね、クラウス・ヨハン・ベートーベンっていうんですよ。ほら、そこに絵が飾ってあるでしょ」

いわれてアレクが振り向くと、暖炉の横の壁に、水彩画が一枚かかっている。このあたりのライン河岸の風景を描いたものらしいが、色づかいも描線も、見るからに素人っぽいものだった。

「どうです、将来、値上がりしますかね、お客さん」

「永遠に無理だね」

冷たくアレクが断言すると、亭主はがっかりしたようだった。ぶつくさつぶやきながら厨房へもどっていく。どうやら、偉大《いだい》な作曲家と同姓の画家は、食事代を支払えず、かわりに自分の作品を置いていったらしい。

「まったく、欲をかくからだまされるのさ」

「アレクは、作曲家のベートーベンを尊敬してるんだね」

「天才は天才を知るからね」

「そ、そう？」

「文学の世界に、ぼくみたいな天才がいるんだから、音楽の世界に、ベートーベンみたいな天才がいてもいいわけさ。文学の世界には、ぼくひとりで充分だけどね」

結局そういう結論になるわけか。アレク以外の三人は、顔を見あわせて笑った。モントラシェが皮肉たっぷりにいう。

「画家のベートーベンとは傑作だな。この分だと『双角獣《ツヴァイホルン》の塔』に閉じこめられているのも、画家のナポレオンかもしれんて」

「冗談はさておき、高貴な身分の人間を辺地の牢に虜囚《りよしゆう》として閉じこめるとは……」

ラフィットが口髭を指先でつまんだ。

「まるで『鉄仮面《てつかめん》』の物語だな」

II

「鉄仮面!?」

コリンヌは、かるく息をのんだ。「鉄」という単語も、「仮面」という単語もありふれているのに、そのふたつが結びつくと、何と不気味で兇々《まがまが》しいひびきを帯びることだろう。彼女は身を乗り出さずにいられなかった。

「それ、どういう話なの？　よかったら、くわしく聞かせて」

「きちんと話すと、ずいぶん長くなるが、かいつまんで語ると、こういうことだ。国王ルイ十四世の時代だから、そう、百五十年ぐらい昔のことだ。フランスに、ふしぎな囚人がいた。その囚人は、顔に仮面をかぶせられ、誰にも素顔を見られないまま、三十年以上も牢獄に閉じこめられていたんだ」

「それ、ほんとうの話だよね？　小説や劇じゃないよね」

「歴史上の事実だよ。で、その囚人が死んだのは、正確には、いつだったかな……」

「たしか一七〇三年です」

「ほう、くわしいね、アレク」

「いや、ぼくはいずれ『鉄仮面』を素材にして傑作小説を書きますから、資料をあつめてるんですよ」

「小説を書くつもり」ではなく、「傑作小説を書きます」というあたりが、アレクらしい。そう思いながら、コリンヌは、一番だいじな質問を発した。

「で、鉄仮面をかぶせられた囚人の正体は、いったい何者なの？」

「正体は、いまでもわかってないんだ。いったいどこの何者が、そんな目にあわされたのか。また、なぜそんな目にあわされねばならなかったのか」

「ま、正体がわからないからこそ、アレクみたいなホラ吹き、いや失礼、天才作家の出る幕があるわけだがね」

三人のおとなが、かわるがわるコリンヌに話したところによると、謎の囚人「鉄仮面」は、三十四年もの間、幽閉されていたらしい。フランス各地の牢獄を転々とし、最後は、有名なバスティーユ牢獄で死んだ。埋葬されるとき、遺体の顔は完全につぶされていた。永遠に、誰にも見られないように。

「国王ルイ十四世に背《そむ》いた貴族、ということはありえない。そんな人物は、さっさと反逆罪で処刑してしまえばすむことだ。王位をねらっていた危険人物でも、おなじこと。なぜ殺さず、生かしておいたのか」

「コリンヌ、ルイ十四世は鉄仮面を牢獄に閉じこめはしたけど、ずいぶん贅沢《ぜいたく》をさせてもいるんだよ。絹《きぬ》の服を着せたり、食事だって豪勢なものだった。食器は銀でつくられていたし、家具も高価なものをそろえてたんだ」

好奇心をそそられる話だった。コリンヌは目をかがやかせて考えをめぐらせた。

「鉄仮面の素顔を、誰にも見せてはいけない。同時に、鉄仮面を殺すことはできない。このふたつの条件が、そろっていなくちゃならないわけだね」

「そう、鉄仮面の正体は、そのふたつの条件につきる。このふたつの条件をみたさない者は、どんな大物でも、鉄仮面ではありえない」

「鉄仮面の素顔を見たら、誰もがびっくり仰天《ぎょうてん》するわけだね」

「そのとおり」

コリンヌはすっかり鉄仮面の話に引きこまれている。こんな奇怪な話が実際にあったのだとしたら、ナポレオン皇帝が生きて幽閉されていたとしても、不思議はない。

「だったら、ふたつのことが考えられるね。まず第一に、とっくに死んでいたはずの人が、じつは生きていた、という場合」

「うん、それから？」

「第二は、その素顔が誰かにそっくりだった場合。素顔を見た人たちが、誰かとまちがえて混乱をおこすような『そっくりさん』……」

アレクが手をたたいた。

「いいぞ、いいぞ、コリンヌ、その調子でいくと、君も、歴史上の謎を解明する作家になれるかもしれない。もっとも、ぼくはとっくに、歴史の闇にかくされた真相を見ぬいているけどね」

「ほんとに!?」

「忘れちゃいけない、ぼくは天才だぞ」

「教えてよ」

「誰にもいっちゃいけないよ」

「いわない、約束する」

「じゃあ教えるが……ルイ十四世の双生児《ふたご》の兄弟さ」

アレクが断言すると、コリンヌは、目を丸くした。モントラシェとラフィットは愉快そうに見守っている。

「それならわかるよ。顔を見られたらまずいだろうし、国王の兄弟なら、うかつに殺せないものね。でも、アレク、その説には証拠があるの?」

アレクが「証拠はないけど……」といいかけると、ラフィットがかるく片手をあげた。

「まあ鉄仮面の話はそれくらいにしておこう。いずれアレクが傑作小説を書いてくれるはずだから、それを読ませてもらうとして、目の前に重大な問題がある」

「『双角獣《ツヴァイホルン》の塔』のことだな、海賊」

「もちろん、そうだ。まず正面から、地元民の話を聞いてみようか」

ラフィットが亭主を呼んだ。亭主はエプロンで手をふきながら小走りに駆けて来た。

「へい、何か追加のご注文で?」

「いや、もう満腹だ。まあ、そうがっかりせずに。ひとつふたつ質問があるんだが、私たちを満足させてくれたら、情報料は支払うよ」

「この近くに『双角獣の塔《ツヴァイホルン》』と呼ばれる、古い塔があるかね」

「はあ……」

その名を聞くと、亭主の顔に複雑なさざ波が立った。だが、ラフィットが、一枚また一枚とフラン金貨をテーブルに積みあげていくと、力いっぱいうなずいた。

「ありますあります、二、三年前までは、どこにでもある荒れはてた塔でしたよ」

亭主の話によると、「双角獣の塔《ツヴァイホルン》」という名前さえ、知られてはいなかったという。

それが、昨年になって、ようすが変わった。軍隊がやって来て、周辺の人手をあつめ、塔の修復をはじめた。冬の間は仕事もないので、農民たちは喜んで働いたのだ。仕事の内容については、かたく口どめされていたが、どうしても噂が流れる。ある冷たい雨の夜、黒塗りの馬車が塔の下に着き、何人か黒ずくめの人物がはいっていった。以後、塔の周囲は立入禁止になり、プロイセンの軍人たちがうろつくようになったという。

「ここのところしばらく世の中、平和でしたがねえ、ま、革命騒ぎの種はつきないもんで、軍隊が何かと目を光らせるのも、無理はありませんや」

この年の七月革命は、フランス国内を揺るがしただけではない。熱狂と昂揚《こうよう》はドイツにもつたわって、ハイデルベルクやフライブルクといった有名な大学のある都市で、学生たちが蜂起《ほうき》した。

「憲法をつくれ。議会を開け。言論の自由を認めよ。ドイツを統一せよ」

そのような要求をかかげて銃をとったのだ。ハイデルベルクはライン河の支流に面しており、すぐ近くといってもいいくらいである。

「自由と名のつくものは、犬や猫でも牢に放りこまないと気がすまない」

とからかわれるオーストリア帝国宰相メッテルニヒは、軍隊に出動を命じ、力ずくで学生たちを弾圧した。あっけなく学生たちは敗北したが、メッテルニヒの専横《せんおう》に対する不満はくすぶりつづけているのだ。

ラフィットがかるく頭《かぶり》を振る。メッテルニヒというのは、たしかオーストリアの宰相だったな、と、コリンヌは記憶をたどった。

「メッテルニヒ、メッテルニヒ」

いまいましげに、モントラシェがうなった。

「メッテルニヒとは何者だ。オーストリアというひとつの国の宰相にすぎないじゃないか。それなのに、やつはまるで全ヨーロッパの独裁者みたいにふるまっている」

「じっさい独裁者なのさ。どこの国王も、メッテルニヒを恐れること、魔物を見るかのようだ。いまこの時代が『メッテルニヒ時代』と呼ばれるのも、無理はない」

それまでだまって話を聞いていたコリンヌが、口をはさんだ。

「メッテルニヒという人は、ヨーロッパ各国でずいぶんきらわれてるんだね。メッテルニヒひとりで、各国の革命や改革を妨害してるようなものなんだ」

「そんなところだ」

「だったら、革命がおきそうになって、もうふせぐことができない、というときには、メッテルニヒに全責任をかぶせて追い出せば、各国の王さまたちには好つごうなんじゃやない？」

三人のおとなは、絶句してコリンヌを見つめた。その視線があまり真剣なので、コリンヌはきまりが悪くなったほどだ。

「いや、こいつはまいったな。たしかにそのとおりだ」

ラフィットが感心しきった声を出す。

「そんなこと最初からわかってましたよ」

アレクがいった。

「ナポレオン皇帝のようになりたい、と思う青少年はいても、メッテルニヒのようになりたい、と思う青少年はいないじゃありませんか。それだけでもう、メッテルニヒは、歴史的にナポレオン皇帝に勝てないことがはっきりしてるんですよ」

「なるほど、そういう見かたもあるか」

「ちょっとしたもんでしょ」

と、アレクは得意そうである。

「それにしても、死んだはずのナポレオン皇帝が生きているとしたら、それこそ鉄仮面でもかぶせて幽閉するしかあるまい。いまさら殺せないし、素顔を見られてもこまる。全ヨーロッパが大混乱になる」

ラフィットが自分の考えをまとめるようにいった。

舌打ちまじりに、アレクが応じる。

「実際、メッテルニヒは、ナポレオン皇帝を、死ぬまでロンドン塔にでも幽閉しておけ、と主張していましたからね」

ロンドン塔はその名のとおり、イギリスの首都ロンドンにある城塞《じょうさい》で、牢獄と処刑場を兼ねている。王位をめぐる争いに敗れた王族、反逆罪に問われた貴族などが、かぞえきれないほどロンドン塔に送りこまれ、生きて帰らなかった。

アレクが別の考えを口にする。

「ただ、公式にはナポレオン皇帝はすでに死者です。人知れず皇帝をとらえた者がいるとしたら、人知れず殺してしまうのが簡単じゃないですかね」

「一理ある」と、ラフィットがうなずく。

「いまナポレオン派の残党、というと失礼だな、皇帝派《ボナパルティスト》が希望を託しているのは、オーストリアにいる皇子《おうじ》が成人することだ。成人して、亡くなった父君のあとをつぐと宣言したら……」

「それをあのメッテルニヒが許すと思うか」

しばらく沈黙していたモントラシェが吐きすてた。アレクが太い腕を組み、記憶をたどる。

「皇子の父親はナポレオン皇帝、母親はオーストリアのフランツ皇帝の娘マリー・ルイーズ内親王《ないしんのう》……」

「つまり皇子は、ナポレオン皇帝の後継者となる権利を持つだけでなく、オーストリアの帝位を受けつぐ資格さえあるのだ。ご本人の意思はともかく、政治的にヨーロッパでもっとも危険な人物だ。あのメッテルニヒがよく生かしておくと思うくらいだ」

III

おとなたちの議論を聞きながら考えこんでいたコリンヌが声をあげた。

「ああ、そうだ、ひとつききたいと思って忘れてたことがあった」

「何かね」

「ナポレオン皇帝のお子さんは、ひとりだけだったの？　オーストリアの皇子おひとり？」

ラフィットが答えた。

「いや、まだ他にもいる。ポーランドにひとり。これも男の子だ」

「別々なんだね。誰が育ててるの」

「そりゃ、それぞれの母親が……」

このあたりで、アレクがにやにや笑いはじめた。モントラシェもラフィットも、かなり横着《おうちゃく》なおとななのだが、問題の微妙さに気づいたように言葉をにごす。

「そうか、母親は別々にいるんだね。ナポレオン皇帝って、女好きだったんだ」

ラフィットがせきばらいした。

「いや、話せば長くなるがね、コリンヌ、おとなにはいろいろあるんだよ。君もおとなになればわかる」

「アレクもそういってた」

そっけなくコリンヌがいうと、ラフィットとモントラシェが、そろってアレクをにらんだ。「こいつめ、よけいなことをいいおって」という目つきだ。アレクの笑いが引っこみ、あわてて両手を振る。

コリンヌが三人の顔を見くらべた。

「おとなというより、男がそうなんじゃないの？」

三人とも答えない。コリンヌは大きく溜息をついた。

「あきれたなあ。これじゃ、わたしも女として注意したほうがいいみたいだ。こんな人たちといっしょに旅なんかしてていいのかな」

コリンヌにとっては、心外な反応がおこった。三人のおとなたちは、そろってコリンヌの顔を見やってから、これまたそろって笑い出したのだ。

笑い声におどろいて、亭主が店の奥から顔を出したが、小首をかしげながらすぐ引っこんだ。

「そんなにおかしいことといった!?」

コリンヌは顔を真っ赤にして立ちあがると、床を踏み鳴らして外へ出ていった。笑いをおさめてアレクが後を追う。席についたまま、モントラシェがラフィットを見た。

「怒らせたかな」

「まあ、あの娘のことだ、根には持たないでいてくれると思うが」

「女性のあつかいはむずかしい。この年齢になっても、あまり自信が持てないな」

モントラシェは苦笑して腕を組んだ。

「なあ、海賊」

「船長と呼んでくれ」

どこまでもこだわってみせるラフィットだが、おかまいなしにモントラシェはつづけた。

「吾輩にとって、生命がけで忠誠をつくす相手は、これまでひとりしかいなかった」

「ナポレオン皇帝のことかね」

さりげなくラフィットがいうと、モントラシェは「ふふん」とだけ答えて、グラスの赤葡萄酒を口にふくんだ。

「ちょっと甘口だな……まあ、それが誰だろうと、お前さんにはたいして関係ない。

吾輩がいいたいのは、あのカナダから来た小娘が気に入ってしまったということだ」

「わかるよ、剣士どの。私もたぶん、あんたとおなじ気持ちだ。何とか、あの娘の望みをかなえて、無事にカナダへ帰してやりたいと思うよ」

「さしあたり、『双角獣の塔《ツヴァイホルン》』へ着かなきゃならんが、それにしてもブリクール伯爵は妙な命令を出したものだ」

「うむ……」

「そう思わんか、海賊」

「たしかに」

ラフィットはうなずいた。「船長と呼んでくれ」とはいわず、考えこむ表情になっていた。

霧の立ちこめた前庭では、すこし怒ったような表情でコリンヌが馬の鼻面《はなづら》をなで、その傍《そば》でアレクがなだめるように話しかけている。

「いや、コリンヌ、ぼくがいうのも何だがね、おとなはかならずしも子どもをごまかすつもりで、そういうんじゃないんだよ。そうとしかいいようのない場合があるのさ」

「そうかな」

「そうとも。考えてごらん。おとなにならないとわからないことが、たくさんあるからこそ、おとなになる楽しみがあるんじゃないか」

「……ああ、そうか、そうだね」

「納得してくれたかい」

「さあ、どうかしらね」

表情をゆるめたコリンヌだが、ふと横あいを見て、すぐ表情を引きしめた。

「アレク、あの人たちは何だろう」
六、七人の男たちが馬に乗って、こちらへやって来るのだった。風が霧を渦巻かせて、それが男たちの姿を奇妙に不吉なものに見せていた。ただの観光客ならいいが、どうもそうとは思えない。
コリンヌとアレクは、店に駆けこんだ。モントラシェとラフィットが、不審そうな目を向ける。手短に説明を受けると、モントラシェは席を立ち、店の扉をすこし開いて、近づいてくる男たちを素早く観察した。

「あれは『暁の四人組《パトロン・ミネット》』が小銭でかきあつめた無法者たちと、わけがちがうぞ。きちんと訓練を受けた軍人たちだ」

「どこの国の軍人だろう」

「おそらくプロイセンの憲兵だな」

モントラシェが他の三人をかえりみた。

「すこしこの店に長居しすぎたようだ。これからいそいで店を出ても、かえってあやしまれる。何とか、この場でやりすごすことにしよう」

「一戦まじえなきゃならんだろうかね、剣士どの」

「それは相手の出かたしだいだな」

話しあううちに、馬蹄のひびきが近づいてきた。コリンヌがさりげなく窓の外をのぞく。

霧を割って、馬に乗った男たちの姿があらわれた。黒っぽい帽子に、黒っぽい軍用の外套。腰には軍刀をさげている。合計六人。彼らが馬をおりると、いっせいに靴の拍車が不吉な音をたてた。

Ⅳ

扉を開き、床を鳴らして、男たちは店へはいってきた。帽子をぬぐと、水滴がしたたるほど、霧にぬれている。店内のあたたかさにほっとしたようで、顔を出した亭主にひとりが命じた。

「亭主、まずビールだ。六人分、ジョッキで」

正方形の顔に赤い口髭をたくわえたその男が隊長らしい。部下たちに、すわるよう指示しながら、店内を見まわした。あまり好感の持てる目つきではなかった。コリンヌをじろじろ見てから、話しかけてくる。

「失礼します、お嬢さん《フロイライン》」

フロイラインというドイツ語が、マドモアゼルというフランス語とおなじ意味であることは、コリンヌも知っていた。とりあえず、コリンヌを女性と認めてくれたようだ。

もちろんそれだけではすまず、士官は、遠慮のない目つきでコリンヌの全身を見まわした。

「どちらからお見えですかな」

「すみません、言葉がわかりません」

コリンヌがフランス語で答えると、士官は、わかったわかった、というようにうなずいてみせた。二、三秒、言葉をさがすようすだったが、ふたたび口を開く。

「フランスの方ですか、けっこう、本官はフランス語がしゃべれます」

発音はごつごつしているが、ほぼ正確なフランス語だった。

「よろしければ旅券を拝見したい」

いうと同時に、手を突きつける。威圧的な態度に反発をおぼえながら、コリンヌはしぶしぶ旅券を差し出した。

「これはこれは、パリから遠路はるばるおこしとは、ご奇特《きとく》なことですな。こんな辺地に、いったい何の御用で？」

言葉づかいこそ鄭重《ていちょう》だが、目つきには油断がない。とりわけ、モントラシェやラフィットを見る目つきは、猜疑心《さいぎしん》に満ちていた。あやしいやつ、と決めつけているようだ。

ひややかに、コリンヌは答えた。

「兄弟をさがしに来ましたの」

「ご兄弟を？　さがしに？」

プロイセン軍の士官はかるく眉をあげた。

「フロイライン、いや、マドモアゼルのご兄弟は、パリにはおられんのですか」

「わたしの父は素行不良で、旅にいく先々で女の人と仲良くなって、子どもをつくってしまうんです。だから、ヨーロッパのあちこちに、わたしの知らない兄弟姉妹がいるんです。その人たちをみんなあつめて、仲良く暮らしたいと思っておりますの」

思いきり、でたらめを並べてやると、プロイセン軍の士官は、あっけにとられたようだった。どう反応していいか、すぐには判断できなかったようだ。旅券をコリンヌに返しながら、口調をととのえる。

「そ、それで、お父上とはご同行なさっているのですな、マドモアゼル」

「ええ」

すましてコリンヌはうなずいた。モントラシェとラフィットが視線をかわす。どうも妙な雲行きになったようだ。

プロイセン軍の士官は、ことさら靴音をたてながら、ふたりに歩み寄った。

「どちらが、このマドモアゼルのお父上ですかな」

すると、モントラシェとラフィットが、たがいに指を突きつけあって叫んだ。

「こいつだ!」

プロイセン軍の士官は、啞然《あぜん》としてふたりを見つめる。コリンヌとアレクは、こらえきれずに笑い出した。

からかわれたことをさとって、プロイセン軍の士官は顔を朱《しゅ》に染めた。モントラシエとラフィットも笑い出す。プロイセン軍の士官は大きく息を吐き出して毒づいた。

「ふん、フランス人というやつらは不まじめすぎる。そんなことだから、ワーテルローでぼろ負けするんだ」

嵐を呼ぶ一言、というものが、たしかにある。モントラシェの顔から、一瞬で笑いが蒸発した。ラフィットは制止しようとしたが、すぐに断念した。

「何をぬかすか、ドイツ人、いや、プロイセンのまぬけどもめ」

遠雷《えんらい》のような、モントラシェのうなり声だ。

「吾輩たちが朝からイギリス軍と死闘をくりかえしていたときは遠く離れたところにおって、そろそろ夜になろうかというとき、背後から攻めかかって来おったくせに！きさまらに勝利者づらされるおぼえはないわ！」

モントラシェの眼光をあびて、プロイセン軍の士官はたじろいだ。だが、部下たちの手前、どうにか踏みとどまる。

「我々プロイセン軍が、ワーテルローで勝利を盗んだとでもいうのか」

「盗んだのなら、まだましだ。きさまらは勝利をすりとったのだ、プロイセンのスリ野郎めが」

「だまれ、さてはきさま、ナポレオン派の残党だな！」

どなって、プロイセン軍の士官は、モントラシェに指を突きつけた。

「きさまのようなやつがあらわれるのを待っていたのだ。司令部へ連行する」

「ほう、待っていたって？」

モントラシェの眼が一段と危険な光を帯びた。プロイセン兵たちが身がまえ、軍刀の柄《つか》に手をかける。

「おとなしくついてこい、フランス人」

「ことわる」

「では力ずくでつれていく！」

士官がやにわに手を伸ばして、モントラシェの肩をつかもうとする。その寸前、モントラシェは素早く椅子から立ちあがると、逆に士官の手首をつかんだ。ひねりあげ、突き飛ばす。

はでな音をたてて、士官の身体は別のテーブルに衝突した。はずみで反転して、士官はテーブルに抱きつく。安物らしいテーブルは衝撃と士官の体重に耐えられず、音をたてて床にひしゃげた。

かろうじて身をおこし、鼻血をぬぐいながら、士官が部下たちにどなった。

「き、気をつけろ。そのフランス人、徒者《ただもの》じゃないぞ！」

「やっとわかったか、未熟者が」

モントラシェがあざ笑う。

　怒りの叫び声をあげて、プロイセン兵たちが軍刀を抜き放った。

「ああっ、うちの店で騒動をおこさんでください」

　悲痛な叫びは亭主のものだが、誰も聞いてはいなかった。

　プロイセン兵のひとりが軍刀を左肩のあたりにかざし、ななめざまにモントラシェの右の首すじをねらって斬りつける。刃がうなりを生じ、すさまじい迫力だったが、モントラシェの平静さをくずすことはできなかった。モントラシェは右手首と上半身を同時にひねり、おそいかかる軍刀を床の方向へ受け流すと、返す一撃、相手の右手首に鋭い斬撃《ざんげき》を加えたのだ。血がほとばしり、軍刀が床に落ちて重い音をたてた。

　負傷した右手首の傷を左手でおさえて、プロイセン兵はよろめく。そのときすでに、ふたりめの兵がモントラシェに斬りつけていた。一、二回、空中で刃が激突し、青く火花が散る。だが三回めはなかった。プロイセン兵は右の胸と肩との間のくぼみに正確な突きをくらい、苦痛のうめきをあげて床にくずれる。

　鈍いが大きな音がして、三人めのプロイセン兵が剣をつかんだまま床にころがった。アレクが背後から、プロイセン兵の脳天に椅子をたたきつけたのだ。椅子はバラバラになってプロイセン兵の身体の上に落ちた。

四人めと五人めは、軍刀ではなく拳銃に手をかけた。それを見るなりラフィットが、抜く手も見せず拳銃を向けた。だが銃声はおこらなかった。

「動かないで！」

ひびいたのはコリンヌの声だ。

「わたしたちをいかせて。でないと、隊長さんの生命がないわよ」

「マ、マドモアゼル……」

あえぐプロイセン軍士官の顎《あご》の下に、コリンヌのナイフが突きつけられている。混乱の中で、彼女は士官のすぐ後ろにまわりこんでいたのだ。

「モントラシェ、この場合はいいんだよね。この人は武器を持ってるから」

モントラシェは苦笑した。

「そうだな、理想的な展開とはいえんが、武器を持った者どうしの戦い、すばやく行動したマドモアゼルの勝ちだ」

「全員、武器をすてろ」

ラフィットが命じると、負傷した者もしない者も、武器から手を離した。ラフィットがコリンヌに笑顔を向ける。

「コリンヌには戦士の素質があるな。多くの人数と戦うには、相手の指揮官を人質にとることだ。『暁の四人組《パトロン・ミネット》』相手の戦いで、こいつを学んだらしい」

　モントラシェが士官の襟をつかんだ。

「悪いが、しばらく人質になってもらうぞ」

「ど、どこへつれていく気だ」

「すぐにわかる」

　危険すぎる笑みを浮かべて、モントラシェはつけ加えた。

「生きていればな」

　プロイセン軍の士官は蒼ざめた。ラフィットは五人のプロイセン兵を店の隅にあつめた。負傷者の傷にナプキンを巻かせ、テーブルクロスでたがいの足と足を縛らせた。さらにラフィット自身の手で、テーブルクロスの端をテーブルの脚にゆわえつける。多少なりと、逃走の時間をかせぐためだ。

「アレク、やつらの乗ってきた馬を、ぜんぶ放してしまってくれ」

「わかりました」

　アレクは巨体を揺すりながら扉口から出ていった。ほどなく、馬のいななき、蹄《ひづめ》の音、馬を追い放すアレクの大声などが、いりまじってつたわってきた。ラフィットが、思いきり意地悪く、プロイセン兵たちに告げる。

「では勇敢な兵士諸君、追ってくるなら徒歩できてくれ」

プロイセン兵たちは怒りと呪《のろ》いの声をあげたが、上官が人質になっているので、どうしようもない。

「迷惑かけたな、亭主」

ラフィットが、無事だったテーブルの上に十枚ばかりの金貨を放り出した。

「イギリス人と吸血鬼と狼男によろしくな」

とは、モントラシェのあいさつだ。

厨房で息をひそめていた亭主が、ようやく小走りに出てきて、テーブルの上の金貨をズボンのポケットにつめこみはじめた。プロイセン兵たちが大声をあげる。

「亭主、ほどけ、早くこれをほどけ！」

金貨をしまいおわった亭主は、おもむろにテーブルクロスをほどきはじめたが、海賊式の縛りかたを解くのには、ずいぶん時間がかかった。しかも亭主は、なぜかテーブルクロスを刃物で切断して、さっさとかたをつけようとはしなかったのである。

V

店を出たコリンヌたちは、ラインの流れに沿って、馬を南へ歩ませた。上流の方角である。霧は薄くはなっても消え去ることはなく、見わたすかぎり青灰色《せいかいしょく》の世界だった。空を見あげると、大きな銀貨が一枚、浮かんでいるように見える。太陽が厚い霧の幕の向こうで、鈍くかがやいているのだった。

「追ってはこないようだな」

馬上でラフィットが振り向くと、モントラシェが応じる。

「まず司令部に報告するだろう。十倍の人数で追ってくるぞ」

うなずいて、ラフィットは捕虜《ほりょ》を見た。

「さてと、いまさらのようだが、プロイセン軍の士官どの、お名前をうかがおうか」

両手首を布で鞍の前輪に縛りつけられたまま、士官は不機嫌に名乗った。

「ラウスベルク憲兵大尉《たいい》だ」

「よろしく、大尉、我々のほうは名乗るほどのものではないから、まあ適当に呼んでくれ」

「いまいましいフランス人ども！」

「けっこう、君は思ったより上品な男だ」

ラフィットはまじめくさっていったが、ラウスベルク大尉は、ほめられた気がしなかったろう。からかわれている、と思ったにちがいない。

「それでだ、大尉、『双角獣の塔《ツヴァイホルン》』について教えてほしいのだがね」

ラウスベルク大尉と名乗ったプロイセン軍の士官は、悪意をこめて「いまいましいフランス人ども」をにらんだ。

「なるほど、やはりナポレオン派の残党だったのだな。『双角獣の塔《ツヴァイホルン》』に近づくのは、そいつらに決まっているからな。まともな人間が、あの塔に興味を持つはずがない」

霧の中、慎重に馬を歩ませながら、ラフィットが考え深げに要求した。

「大尉、いま口にしたことを、もう一度、こんどは別の表現で教えてくれ」

「どういう意味だ」

「『双角獣の塔《ツヴァイホルン》』にとらわれているのは何者か、と尋ねているのさ」

ラウスベルク大尉は、不審そうな表情になった。

「妙なことをきくフランス人だな。誰がとらわれているのか、いまさら気にするのか」

「質問に答えてくれ」

「決まっとる、ナポレオンだ」

ラウスベルク大尉が言い放つと、「いまいましいフランス人ども」はたがいに顔を見あわせた。もっとも、霧の中なので、はっきりとは見えなかったが。

今度はモントラシェが口を開いた。

「ほんとうにそうか、大尉」

「どういう意味だ」

「大尉、君はつい先ほどもおなじ台詞《せりふ》を口にしたな。質問しているのは吾輩たちだ。君は質問に答えればいい」

モントラシェの声に、凄《すご》みを感じたのだろう。ラウスベルク大尉の顔がすこし蒼ざめた。

「どうなんだ、大尉」

「囚人はナポレオンだ。すくなくとも、本官はそう聞いている。お前たちをだまして何の得があるというんだ」

「大尉、君はナポレオン皇帝の顔を見たことはあるのか」

「顔を見たことはないが、姿を見たことはある」

「後ろ姿か」

「いや、ほぼ正面だ」

ラウスベルク大尉の声が微妙に変化していた。コリンヌはそれに気づいたが、理由がわからなかった。不快そうに眉をひそめて、モントラシェが詰問《きつもん》する。

「ほぼ正面から見たなら顔がわかるだろう」

「いや、仮面をかぶっていたからな」

「仮面だと？」

「へえ、こいつはいよいよ『鉄仮面』の世界だな」

感心したような声はアレクのものだ。一段と慎重に、ラフィットがいった。

「どうにも解《げ》せんな。ナポレオン皇帝だと素姓《すじよう》が知れているのに、なぜ仮面をかぶって顔を隠す必要がある？」

「さあ、本官にはわからん」

ラウスベルク大尉の声も、すこし慎重になったように、コリンヌには感じられた。

モントラシェが、渦巻く霧をにらみすえながらつぶやいた。

「もしあの塔に閉じこめられているのが、本物のナポレオン皇帝だとしたら、九年前にセントヘレナ島で死んだ人物は、いったい何者だ」

誰もモントラシェに答えなかった。答えられなかったのだ。ラフィットがひとつ頭を振ると、プロイセン軍の士官に問いかけた。

「その点について何か意見があるかね、大尉」

「本官の知ったことか。だが、推測はできる。ナポレオンには影武者がいて、そいつが最後まで役割をはたしたんだろう」

「なるほど、よくできた話だ。では、本物のナポレオン皇帝は、いつ、どこで、どうやってつかまったのかな」

「知ったことか！」

ついにラウスベルク大尉は叫んだ。

「ナポレオンはヨーロッパの災厄《さいやく》だ！　やつがフランスの皇帝だったころ、ヨーロッパでは戦争が絶えなかったのだぞ。それにくらべて、やつがいなくなってから十五年、世の中はすっかり平和になった。それで充分だ。それ以外のことなど、どうでもいい！」

「そのあたり、ナポレオン皇帝にも言分《いいぶん》があるだろう。そもそもの最初に、彼が帝位につくのを各国が認めていれば、その後の戦争はなかった、という説もある。だが、いまここで君と議論する気はない。『双角獣《ツヴァイホルン》の塔』まで案内してもらおうか」

ラウスベルク大尉は、あざけるように口もとをゆがめた。

「プロイセン軍の士官たる者が、脅しに屈すると思うか。殺すなら殺せ」

馬の歩みをゆるめると、ラフィットはモントラシェに小声で問いかけた。

「どう思うかね」

「あの男は、塔に閉じこめられているのがナポレオン皇帝だと信じているようにも見えるが……」

「知っているのと信じているのとは、まったく別のことだ」

「そのとおり」

天を見あげて、モントラシェがかるく目を細めた。

「霧がはれそうだぞ。風が出てきた」

弱々しい初冬の太陽が、一同の顔を白っぽく照らし出した。あらためて周囲を見わたし、コリンヌは身のすくむ思いだった。こんなけわしい崖道を、馬で登ってこられたのは、霧で周囲が見えなかったからにちがいない。

断崖《だんがい》をはねる生物の影が見えた。

「へえ、鹿だ。うまいこと断崖を走るもんだなあ」

アレクが感心した。二匹の鹿が、もつれあうように崖道を駆け登っていくのだった。

「逆にいうと、鹿でもなければ、この崖は登れないわけだ」

「このあたりで馬は置いていくかね、剣士どの」

「いや、馬からは降りるが、馬はつれていこう。この先、どう地形が変わるかわからんし、どこでも馬をすてることはできる」

「では一同、徒歩になった上で、案内してもらおう、大尉」

ラウスベルク大尉は口もとをまげたが、無言で崖道を登りはじめた。モントラシェがすぐあとにつづき、コリンヌ、ラフィット、アレクの順に、人と馬が登りはじめる。

この季節、午後四時にはすっかり夜になってしまう。日が暮れる前に、できるだけ進んでおかねばならなかった。

絶景を楽しむゆとりもなく、馬を引き、足もとに注意しつつ、二時間ほども歩いただろうか。突然それはあらわれた。

大きな円筒がふたつ並んでいるように見える。灰色の石壁には小さな正方形の窓がいくつかあけられていた。縦に五つ。塔の高さから見ても、五階建てのようだ。枯れきった蔦《つた》が壁にからまり、痩《や》せた蛇《へび》が巻きついているかのような不気味さである。小さな窓には鉄格子がはまり、その内側にガラス、さらに内側に分厚いカーテンがあるようだった。

霧はほぼはれきったが、かわりに夕闇がせまっていた。太陽はあわい黄金色の光のかたまりとなって、ライン河の西岸に沈もうとしている。その周囲の空は白く、太陽から離れるにしたがって青みを増し、早くもひとつふたつ星影が見えはじめていた。石壁にはさまれた門の前に、一同は立った。断崖上の、枯れた樹々にかこまれた平地だ。

厚い扉は木でつくられているようだが、表面に青銅の板が貼りつけられている。その中央に動物の頭部が彫りこまれていた。馬によく似ているが、二本の角がはえている。一本は額に、もう一本は鼻面に。この世に実在しない、架空の動物だった。

「双角獣《ツヴァイホルン》だ」

アレクがささやいた。自分が目的地に着いたことを、コリンヌは知った。

第五章

コリンヌは塔に登って謎の虜囚の正体を知る

I

塔をかこむ石塀の外に、コリンヌたちはしばらくたたずんでいた。門の扉に触れてみる。固くて冷たい手ざわり。厚い木製の扉に鉄板が張ってある。もちろん十字軍時代のものではなく、まあたらしい。

なかなかはいろうとしないフランス人たちに、ラウスベルク憲兵大尉が、そそのかすような声をかけた。

「どうした、はいらんのか」

するとモントラシェが、あまり好意的とは思えない目つきで、大尉を見やった。

「貴官にうながされるのも、おかしな話だな。親切に案内してくれて、ありがたいとは思うが」

「まったく、誇り高いプロイセンの憲兵大尉ともあろうお人が、おどしに屈しないと口にしながら、ここまでつれてきてくれたし、感謝しないといけないな」

ラフィットが、大尉におとらず皮肉な口調でいう。

「きさまのようなやつがあらわれるのを待っていた、という一言も気になるしね」

「な、何のことだ」

「おや、大尉、星明かりのせいとも思えないが、顔色が良くありませんな。すこし休んだほうがよろしいのではありませんか」

聞いていたコリンヌは、心にうなずいた。そうか、モントラシェやラフィットは、罠《わな》を警戒しているのだ。口では、けっして塔に案内しないようなことをいっていたはずなのに、ラウスベルク大尉は唯々《いい》としてコリンヌたちを案内してきた。百戦錬磨《ひやくせんれんま》のモントラシェやラフィットが、あやしく思うのも当然である。

ラウスベルク大尉をふくむ五人は、塔から離れて森のなかへもどった。二十メートル四方ほどの空地に腰をおろし、樹に馬をつなぐと、持参したパン、ハム、チーズで食事をとる。おとなたちは布製の水筒から葡萄酒を飲んだ。コリンヌも、水分を補給するために瓶入りの鉱水を飲み、身体を温めるため、すすめられてふた口ほど葡萄酒を飲んだ。胃がかっと熱くなり、頬がほてる。息を吐き出して、下方をながめると、ライン河の水面が夜目にもほの白い。

やはりライン河はサンロラン河ではない。十二月にはいっても凍らずに流れている河があるなんて。

故郷への思いをそそられながら、コリンヌは、縛られたままのラウスベルク大尉に、食事をすすめた。「いらん」と、不機嫌な返事がかえってくる。

モントラシェが少女に声をかけた。

「風邪をひくんじゃないぞ、マドモアゼル」

「ありがとう《メルシー》、でも大丈夫だよ、わたしはカナダ生まれのカナダ育ち」

「そうだったな。吾輩もロシアの冬は経験したが、一度でたくさんだ」

話がつづくかと思ったが、それきりモントラシェは口をつぐんだ。

夜空には、初冬の星座が乱舞している。あわく青みをおびた銀色の光が、無数の粒となって地上に降りそそいでいるかのようだ。

「星座はカナダとかわらないなあ」

胸の底が熱くなるのは、葡萄酒のせいだけではなさそうだった。

のんびりした、だが力強くもある足音がした。アレクが歩み寄ってきたのだ。

「よかったな、コリンヌ、ずいぶん時間をかせぐことができたじゃないか。今日はたしか十二月一日だ。ライン河を渡ってその日のうちに、目的の塔を見つけることができたんだからねえ」

「アレクたちのおかげだよ、ありがとう」

「いやいや、それほどでもないよ。お年寄たちに見せ場をゆずってあげてることだしね」

「お年寄」というところで、アレクは、他のふたりに聞こえないよう声をひそめた。

「でも、調査に十日以上かかるかもしれないし、油断しないようにしないとね、コリンヌ」

「そうだね。わたしもだけど、アレクだって降誕祭《ノエル》までにパリに帰らないとまずいでしょう? ほんとうは今日だって、何か原稿の締切があるんじゃない?」

「なあに、心配いらないよ。編集者や借金取りがこわくて、作家がつとまるものか。あいつらめ、ぼくがいなくなって、やっとありがたみがわかったろう。ぼくがパリに帰ったら、ぜひ原稿を書いてくれ、と泣きついてくるさ」

そうかなあ、と、コリンヌは思ったが、だいじな仲間の気分を害するのはやめた。他に気がかりなことがある。

「ねえ、アレク、さっきラウスベルク大尉がいったこと、どう思う? 塔にとらわれている人がナポレオン皇帝だと知れているのに、仮面をかぶせるなんて変だよね」

アレクは太い指で大きな顎をつまんだ。

「順序が逆かもしれないぞ、コリンヌ。つまり、こういうことだ。仮面の虜囚を見た人が、いったいあれは何者だろう、と考える。いろいろ考えて、もしかしたらナポレオン皇帝ではないか、と思いあたる。実際、モントラシェが昼間にいったけど、死んだはずのナポレオン皇帝が生きていたとしたら、それこそ顔を隠して、幽閉するしかないだろうしね」

アレクは横を向いてくしゃみをした。コリンヌは記憶をたどって小首をかしげた。

「でも、アレク自身は、ナポレオン皇帝を人知れず殺してしまうのが簡単じゃないか、といってたんじゃなかった？」

「あ、そうだったっけ」

「そうだよ！」

アレクは大きな手で頭をかいた。

「うーん、ま、いろんなことが考えられるけど、かりにも皇帝だった人を殺すのは、やっぱり気がとがめるんじゃないかなあ……いや待て、そもそもナポレオン皇帝が亡くなったのも、イギリス軍による毒殺説があるくらいだし、さて、こいつはいったい……」

自称天才作家が考えこんでしまったので、じゃまをしないようにコリンヌはそっとそばを離れた。ふと気づくと、ラフィットが塔の方角を向いて立っている。近づいてみると、望遠鏡をのぞいていることがわかった。深い夜の奥に、星ではない光が見える。塔の窓からもれる光だ。ラフィットが気配を感じたように身動きしたので、コリンヌは話しかけた。

「灯火《あかり》が見えるね」

「誰かがいることはたしかだな」

望遠鏡をおろして、ラフィットは周囲を見まわした。腕を組んで黙然とたたずむモントラシェの姿を見つけると、歩み寄って、小声で話しかける。

モントラシェとラフィットが何やら相談している間、コリンヌはラウスベルク大尉を見張っていた。正方形の顔をしたプロイセン軍の憲兵大尉は、しきりにロープを解こうと努力していたが、もがけばもがくほど締めあげられるばかりなので、いまでは無念そうにうなり声をあげるだけである。

相談がまとまったようで、ラフィットがコリンヌのほうへやって来た。モントラシェはラウスベルク大尉の口にさるぐつわをはめている。

「さて、では我々も盛大に火を焚《た》くとしようか」

コリンヌはおどろいた。パリで出会った仲間たちには、おどろかされてばかりだが、今回も例外ではなかった。思わず、せきこむように尋ねてしまう。

「火を焚いたら、わたしたちが森の中にいるとわかってしまうんじゃないの？　塔に人がいるとしたら、丸見えだよ。あやしいと思って捜索に来るんじゃない？」

「捜索に来てもらわなくては、こまるのさ」

ラフィットは余裕たっぷりに笑って、ラウスベルク大尉のほうへ顎をしゃくってみせた。

「あそこにいる憲兵大尉どのに、餌になってもらうんだからね」

おりから、黒々と静まりかえる森の中で、狼の遠吠《とおぼ》えがひびいてきた。ラウスベルク大尉が表情をひきつらせたので、コリンヌは噴き出した。

「だいじょうぶ、狼は火に近づかないし、人もおそわないよ。カナダでもドイツでも、きっとおなじさ」

時間にして十五分ほどが経過した。

「双角獣《ツヴァイホルン》の塔」に、あわただしい動きがおこった。いくつもの人影が森を指さし、ドイツ語で会話をかわす。

「おい、あそこに火が見えるぞ」

「あんな森の中で、何者が火を焚いているのだ？」

「ラウスベルク大尉どのが拉致《らち》された件と関係あるのだろうか」

「だとしたら、充分な人数と装備をそろえて出動すべきだ。ラウスベルク大尉を拉致したフランス人どもは、手ごわかったというぞ」

塔を警備するプロイセン兵たちは、やがて門を開き、夜の森へとわけいった。人数は三十人にもおよんだ。あやしい火をめざして進んだのだが、時刻は夜、場所は森の中である。しかも自分たちは松明《たいまつ》やランプを持つわけにいかない。昼間にくらべて五倍の時間をかけ、ようやく彼らは、暗い森のなかの明るい空地にたどりついた。

「おお、ラウスベルク大尉どのだ」

プロイセンの兵士たちは、周囲を警戒しながらも、大尉のところへ駆け寄った。不運な大尉は、赤々と燃えさかる焚火《たきび》のそばに、縛られてころがされていた。

「大尉どの、ご無事で何よりです」

さるぐつわを解かれたラウスベルク大尉は、救出されても感謝したりしなかった。顔を真っ赤にして、どなりつけた。

「このばか者ども！　まんまとやつらの罠にはまりおって！」

兵士たちは大尉の見幕にたじろぎながら問い返した。

「や、やつらとは誰のことですか」

「昼間、居酒屋にいたやつらだ。本官をこんな目にあわせた、ナポレオン派の残党どもだ。やつらはことさら森の中で火を焚いて、お前らの注意を引きつけ、塔の警備を手薄にさせたのだ！」

「あっ……！」

兵士たちは思わず声をあげて立ちすくんだ。三十人もの兵士が出動したため、「双角獣《ツヴァイホルン》の塔」の警備が手薄になってしまった。そのことに気づいたのである。

「しまった、すぐ塔にもどるんだ」

あわてて駆けもどろうとする兵士たちの背中に、ラウスベルク大尉の怒声が弾《はじ》けた。

「かさねがさね、ばか者どもめ！　本官の縄を解かんか！」

またもあわてて、二、三人の兵士がラウスベルク大尉のロープを解こうとする。だが、焚火の炎が揺れて手元の明るさがさだまらない。もともと複雑な海賊式の結びかたは、ラウスベルク大尉がもがきまわったため、完全にこんがらがっている。ついにナイフでロープを切断したが、プロイセンの兵士たちはずいぶん時間を浪費してしまった。

II

星の光が降りそそぐなか、暗い地上に黒い影がうごめいていた。「双角獣《ツヴァイホルン》の塔」をかこむ高い石塀のあたりである。

「アレク、悪いけど背中を貸して」

「ほいきた」

大きな影を踏み台にして、小さな影が塀の上によじ登る。手には太いロープ。ロープの一端を塀の外におろすと、三人のおとながそれをつかむ。もう一端を塀のなかにおろし、それをつたって地上におりる。もちろんこれはコリンヌだった。

「ちょっとした賭けではあったがね」

そう仲間に説明するのは、ラフィットだ。

「あやしいやつが近くにいる、と知って、『双角獣《ツヴァイホルン》の塔』を警備するやつらは、どう出るか。ひたすら守りをかためることになったら、我々としては、どうしようもない。また別の方法を考えなくてはならなかった。だが、彼らはそうしなかった。積極的に出ていってくれたので助かったよ」

「もういいよ、登ってきて！」

手近の樹にロープを縛りつけて、コリンヌが塀の外に声をかける。まんまと塀の内側に降り立つと、四人はひそやかに塔に近づいた。これまでまったく吠える声がしなかったので、軍用犬がいないことはわかっている。

塀の内部は、荒れはてた庭だった。ほとんどがむき出しの土で、石がころがっている。塔の玄関へとつづく道だけが、いちおう土を均《なら》してある。門の扉を内側から見ると、太くて重そうな閂《かんぬき》がかかっていた。ひとりでは動かせそうもない。

ラフィットがアレクに声をかけた。

「てつだってくれ。閂をはずして門をあける」

「もう中にはいっているのに？」

「理由はすぐにわかるよ」

閂をはずして門をあけると、ラフィットは拳ほどの大きさの石をひろいあげ、玄関の扉に投げつけた。かたい音がひびく。

「誰かッ!?」

鋭い誰何《すいか》の声がして、いきおいよく扉が開いた。暗い地上に、長方形をした白っぽい光の島ができる。塔のなかには灯火がともっているのだ。

銃剣つきの小銃をかまえたプロイセンの歩兵が二名あらわれた。黒い軍帽の庇《ひさし》の下で、鋭い目が闇を見すかす。用心深く扉の外へ出て、暗く静まりかえった庭を見まわしたが、門の扉があけ放たれているのを見て、低いおどろきの声をあげた。

駆け出そうとする、まさに寸前、彼らの背後から、ラフィットとモントラシェが躍りかかった。

気絶したプロイセン兵の身体を建物の蔭《かげ》に隠して、ラフィットが一笑する。

「プロイセン兵は勇敢で軍律もきびしいが、正規軍というやつは、こういう奇襲には弱いものでね」

「海賊の戦いを、こんな山奥で見られるとはな」

「見物人が多くないのが残念だ。ニューオーリンズでイギリス軍と戦ったときには、美しい御婦人がたが、ハンカチを振って私を見送ってくれたものだが……」

ラフィットは口を閉ざした。コリンヌの視線に気づいたのだ。

「いや、思い出話などしている暇はないな。もう一度、門の扉に閂をかけなおそう。出ていった兵士たちが帰ってきても、すぐにははいってこられないようにな」

すばやく四人は用意をととのえた。モントラシェは右手に長剣をにぎり、左手に短剣をつかんでいる。ラフィットは右手に愛用のナイフ、左手にこれまた愛用の垂直二銃身拳銃。アレクは腰のベルトに垂直二銃身拳銃を差し、手には棍棒。コリンヌは右手にナイフをにぎった。

塔の内部に踏みこむと、玄関の扉にも閂をおろした。周囲を見まわす。床は石畳、壁も天井も、むき出しの石だ。ほんとうに十字軍時代の様式かどうか、コリンヌには判断できなかったが、古いことだけはたしかだった。壁面に鉄の輪がいくつか取りつけられ、松明が差しこまれて、オレンジ色の炎をあげている。炎が揺れるたび、塔に侵入した四人の影が黒々と床の上で躍って、何とも不気味に感じられた。

「誰もいないのかな」

コリンヌが小声でいうと、ラフィットがかるく肩をすくめた。

「とりあえず、剣士どのについていくとしよう」

すでにモントラシェは無言で歩み出している。

この玄関広間は、ふたつ並んだ円筒形の塔の一方にあった。もう一方の塔へ向かって、通路がのびている。長くも広くもない通路の向こうに、もうひとつの広間があり、上方へ向かう階段が見えた。モントラシェはそこをめざしたのだ。

「上るぞ。みんな気をつけて」

どこまでも無言のモントラシェにかわって、ラフィットが注意する。石づくりの階段は幅こそ広いが手摺《てすり》がなかった。上を見ると、広間は塔の天辺《てっぺん》まで吹きぬけになっており、各階ごとに回廊《かいろう》のように手摺がついている。下の階に侵入者がいれば、上の階から丸見えになるのだ。

「塔の内部には、もう警備の兵士がいないのかな」

「そんなはずはない。たぶん、下の階に詰めていた兵士たちは、囮の火を見て森へ出ていったのだろうが、それにしても、上の階が無人なわけはないさ」

コリンヌの疑問にラフィットが答えた直後、頭上で鋭い叫び声がおこった。ドイツ語だ。四階あたりの手摺から、あきらかにプロイセン兵らしい男がコリンヌたちを見おろしていた。視線があうと、また何か叫びながら姿を消す。

「どうやら仲間を呼びにいったらしいな」

「いくぞ」

短くいって、モントラシェは猛然と階段を駆け上りはじめた。ラフィット、コリンヌ、アレクの順でそれにつづく。

二階から三階へ。三階からさらに四階へ駆けあがったとき、プロイセンの軍服の集団が床を踏み鳴らして殺到してきた。ひとりが銃口を向けた瞬間、コリンヌのすぐ横で銃声がとどろき、その兵士は腕をおさえて横転する。

「うかつに撃つと、同士討ちになるぞ」

ラフィットが拳銃をかまえたまま、おどしつける。たしかにプロイセン兵はせまい空間にひしめきあっていたので危険だった。

「バウアー中尉《ちゅうい》、どうします？」

兵士たちが上官に指示を求める。

バウアー中尉と呼ばれた若い士官は、侵入者たちをにらみつけながら、兵士たちに指示した。

「つかまえて背後関係を白状させるべきだが、手にあまるときはやむをえぬ、斬りすてろ！」

指示に応じて、抜剣《ばっけん》のひびきがつらなる。

「できもしないことを大声でいうと、あとで恥をかくぞ、坊や」

モントラシェがあざ笑った。

「年長者の忠告には耳をかたむけておくものだと思うが」

「何をいうか、不逞《ふてい》な侵入者め」

「忠告したぞ」

そういったときには、モントラシェはプロイセン兵たちの目の前にせまっていた。

仰天したプロイセン兵たちが身がまえる暇すらあたえない。長剣がうなり、短剣がひらめいて、たちまち五、六人の兵士が剣を取り落とし、手や太腿をおさえて倒れこむ。

バウアー中尉が怒りの形相《ぎょうそう》で進み出た。

「私が相手だ、勝負しろ」

モントラシェは、小ばかにしたように、若い中尉をながめやった。

「坊や、すこしは実戦に慣れてるのかね？」

「だまれ、ナポレオン派の残党が！」

バウアー中尉は音高く軍刀を鞘走らせた。青い眼に決意をたたえて身がまえる。

「教科書どおりだな、お上手なことだ」

モントラシェがすっと前進した。

なぜそうなったか、バウアー中尉には理解できなかっただろう。二、三回、激しく刃をかわしあったかと見ると、バウアー中尉の手から軍刀が飛び去っていた。モントラシェの剣に巻きこまれ、弾き飛ばされた軍刀は、床にたたきつけられて、むなしくも重い音をたてた。

素手《すで》になったバウアー中尉は、茫然と立ちすくむ。まだ負傷していないプロイセン兵が四、五人いたが、信じがたい光景を見て、剣を手にしたまま凍りついた。

「剣で敗れたから背中から銃で撃つ、というまねをするほど卑怯《ひきょう》な男でもなさそうだ。悪いことはいわん、どいていろ」

モントラシェは左手の短剣を振って、三人の仲間に合図した。ラフィット、コリンヌ、アレクの順で、五階への階段を駆けあがる。その姿を確認してから、モントラシェ自身も階段をあがった。ゆっくりとした足どりであがっていったのは、じつのところ呼吸をととのえるためだったのだが、バウアー中尉にはそこまで見ぬけなかったようだ。卓絶《たくぜつ》した剣士への感歎の思いと敗北感をこめて、モントラシェを見送った。

「いよいよ最上階だ」

ラフィットの声に、コリンヌが応じた。

「とうとうここまで登ってきたね」

「うん、登ってきた。問題はここから無事に降りられるかどうかだよなあ」

アレクが手摺ごしに下の階を見おろす。バウアー中尉や、他のプロイセン兵たちが、逆に上の階を見あげている。

アレクが顔をしかめた。

「追ってくる気はなさそうだけど、どういうつもりかな。薄笑いを浮かべているやつがいるぞ」

「油断は禁物だな」

仲間たちのいいかわす声を背中に受けながら、モントラシェは廊下を進んでいく。

あいかわらず、右手に長剣、左手に短剣。どちらもプロイセン兵の血に濡《ぬ》れている。

松明の炎がゆらめくなか、廊下の突きあたりに扉があった。長方形の上に半円形がのった形の扉である。オークでつくられているようだが、見るからに厚く重そうだ。

三歩ほどの距離をおいて、モントラシェは立ちどまった。その右にコリンヌとアレク、左にラフィットが肩を並べると、廊下の幅いっぱいになる。

「ここより奥はない」

モントラシェがつぶやいた。

「ここにナポレオン皇帝が……？」

コリンヌの声が終わらないうち、扉が開いた。前ぶれもなく、内から外へ向かって。

ひとりの男が、そこに立っていた。

Ⅲ

その男は仮面をつけていた。ラウスベルク大尉の証言どおりだ。

ベネチアの仮面祭で使われるような、顔の上半分を隠す仮面。力強く引きしまった口もとが見える。仮面ごしにのぞく両眼は、冷たく見えるほど意志的だった。

コリンヌは圧倒された。

「この人がナポレオン皇帝……？」

「ちがう、皇帝陛下ではない」

断言したのは、モントラシェだ。鷹《たか》のような眼光を、仮面の男に突き刺す。

「皇帝陛下は、吾輩より背が低かった。だが、この男はそうではない。まさか、セントヘレナ島で背が伸びたはずもなかろう」

モントラシェが両手の剣をにぎりなおす。

「着ている服がまた、プロイセンの軍服。それも士官どころか、将軍の軍服だ。いったい何者だ？」

仮面の男は答えない。一歩進み出て、完全に扉を背にする。この男が虜囚だろうか。両手は縛られていない。それどころか……。

「モントラシェ、気をつけて、そいつ剣を持ってる！」

コリンヌが注意するまでもない。モントラシェとおなじだった。仮面の男の右手には長剣、左手には短剣がにぎられて、冷たい鋼《はがね》の光沢を見せている。

「ほほう、下の階にいた未熟者どもより、はるかにできるようだな」

モントラシェは、すべるような足どりで右前方へ進んだ。すると仮面の男も、右前方へ音もなく足を運ぶ。ふたりとも、右まわりにゆるやかに円を描いて、相手の左側面にまわりこもうとするのだ。

まだ剣をまじえずして、すでに決闘ははじまっていた。救い出すなど論外だ。この仮面の男は自由の身で、塔までやってくる者たちを討《う》ちとるべく、待ちかまえていたのだ。

ラフィットが拳銃のねらいをさだめようとして、なぜか断念したように手をおろした。

「撃たないの、ラフィット船長？」

コリンヌのささやきに、ラフィットもささやきで応じる。

「ここで銃を撃ったら、私のほうがモントラシェに斬られてしまうよ。プロイセン兵たちにしても、おなじことだ。ここは見守るしかないな」

「そうだね。モントラシェが勝つに決まってるから」

コリンヌが自分自身に言い聞かせる言葉だった。

モントラシェにとっても、仮面の男がおそるべき敵であることは明らかだった。これほどモントラシェが慎重に敵のようすを測るのは、コリンヌにとって、はじめての光景である。仮面の男のほうも、うかつに斬りかけようとはしない。声も出さず、ひたすら、機をうかがっているようだ。

息づまる沈黙は、思いもかけぬことから破れた。塔の下の階で、荒々しい物音がひびいて、怒りと敵意をはらんだどなり声が、靴音とともに急接近してくる。

「こんなところにまで侵入しておったか。いまいましいフランス人ども！」

自由の身になったラウスベルク大尉が、ようやく駆けもどってきたのだった。

糸が切れた。

モントラシェが動いた。仮面の男が動いた。どちらが早いか、コリンヌにはわからない。音をたてて空気が裂け、剣の刃が松明の炎を反射してきらめきわたった。一万個の流星さながらに。

モントラシェが突きこんだ長剣は、仮面の男の心臓の寸前で、短剣によってふせがれた。同時に、仮面の男が薙《な》ぎつけた長剣は、モントラシェの首すじのすぐ近くで、短剣によってはね返された。刃鳴りがひびきわたり、両者の位置が入れかわる。

突きと斬撃《ざんげき》が、信じられないほどの速さと巧《たく》みさで応酬された。回数など、かぞえることもできない。

モントラシェの右の袖口が斬り落とされる。仮面の男の軍服から、胸のボタンが斬り飛ばされる。

闘いつつ、両者は廊下から回廊へと移動していった。前進し、後退し、右へ跳び、左へ踏みこみ、突き入れ、斬りこみ、受け流し、横へ払う。

モントラシェの左頰に赤い線が走るのを見て、コリンヌは悲鳴をあげそうになった。だが、ほとんど同時に、仮面の男の左手の甲から血がほとばしっていた。

両者ともに、はじめて傷ついたが、剣の速さと巧みさ、斬撃の激しさと勢いは、おとろえるようすもなかった。だが、コリンヌには、モントラシェの呼吸が乱れはじめたように思える。敵のほうがあきらかにモントラシエより若く、体力にめぐまれていた。

これ以上、長びいたらモントラシエが不利だ。コリンヌがそう思ったとき、モントラシェの剣がいなずまと化して敵の顔をおそっていた。

異様な音をたてて、仮面が割れた。

割れた仮面は左右に飛んで宙高く舞いあがる。それが床に落ちるより早く、モントラシェが追いうちの一閃《いっせん》を送りこんだ。

仮面をうしなった敵は、信じられないほどのあざやかさで手首をひねり、モントラシェの必殺の斬撃をはね返した。鋼と鋼が激突し、めくるめく火花が、闘う者と見守る者の瞳を灼《や》いた。

仮面をうしなった敵は、おそるべきモントラシェの攻勢をふせいだ。だが、技ではふせぐことができても、体勢はくずれていた。敵はよろめき、踏みとどまろうとして失敗した。乱れた靴音がつづき、ついに敵は床に倒れこんだ。

モントラシェは立っていた。髪を乱し、汗にまみれ、呼吸をはずませ、頬から血を流しながら、彼は剣を引いて敵に呼びかけた。

「起きるがいい。それからやりなおそう」

モントラシェの声に、敵は起きあがったが、剣を床に投げ出して微笑した。

「いや、私の負けだ」

階段をとどろかせて、プロイセン兵たちが駆けあがってきた。剣をきらめかせてモントラシェにせまる。

「やめろ！　お前たちのかなう相手ではない」

仮面をつけていた男は、殺気立つプロイセン兵たちを、そういって制した。床に片ひざをついたまま、モントラシェを見あげる。三十代半ばの、りっぱな顔立ちの男だった。

「ジェラール准将《じゅんしょう》、ですな。十五年ぶりにお目にかかります」

敬意をこめて、男は、モントラシェを別の名で呼んだ。

「そういうあんたは何者かね」

「お忘れですか。いや、むりもないが……私はプロイセン王国竜騎兵旅団《おうこくりゅうきへいりょだん》のエフライム・フォン・シュタイン伯爵です。ワーテルローであなたと剣をまじえたとき、私はまだほんの青二才《あおにさい》だった」

モントラシェは眼を細めて決闘の相手を見なおした。

「ふむ、思い出した。なるほど、たしかにあんたはシュタイン伯爵だ。ワーテルローで一番、歯ごたえのあったプロイセンの剣士だ。お立ちなさい」

そういわれて立ちあがったシュタイン伯爵は、振り向いて兵士たちを見やった。

「みんな剣を引け。こちらの方はエティエンヌ・ジェラール准将だ。フランス一の、いや、ヨーロッパ最高の剣士だぞ。礼節を守れ！」

シュタイン伯爵の声がひびきわたる。

立ちつくしていた兵士たちは、あわてて剣を鞘におさめ、拳銃をしまった。ラウスベルク大尉は開いた口から声ではなく息を吐き出すだけだ。彼を押しのけるようにバウアー中尉が足を踏み出す。

「ジェラールだって……⁉」

バウアー中尉はあえいだが、その声にも表情にも、畏怖《いふ》の思いがあふれている。

「ナポレオンの麾下《きか》で、ならぶ者のない名剣士といわれたジェラールどのか。あの伝説の軽騎兵が、この人か」

「伝説とはおそれいるが、たしかに吾輩はジェラールだ」

モントラシェと名乗っていた男は、コリンヌを見やって一礼した。

「そういうわけだ、マドモアゼル、吾輩の本名はエティエンヌ・ジェラールという。お見知りおきを」

「ご高名《こうめい》はかねがね」

異口同音《いくどうおん》にいったのは、ラフィットとアレクで、コリンヌはにわかに声も出ない。モントラシェと名乗る人物と出会ってから、これまでのことが、風車の羽のように回転して、目がまわりそうだ。自分が立っている石の床が、雲みたいに頼りなく感じられる。つたわってきたのはシュタイン伯爵の声だった。

「それにしても、ジェラールどのがなぜこんな場所にいらしたのか、ぜひ事情をうかがいたい」

Ⅳ

剣は鞘におさめられた。銃はしまわれた。緊張はなお残っていたが、たがいに話しあう雰囲気はできたようだ。

「たがいに事情はあるでしょうな、伯爵」

そういって、ジェラールが頭をさげたのは、シュタイン伯爵ではなくコリンヌに対してだった。

「こちらの事情を洗いざらい述べる前に、吾輩は、かさねてマドモアゼルにあやまらなくてはならん。吾輩自身の目的のために、マドモアゼルを利用させてもらったようなものだからな」

どう返事してよいかわからず、コリンヌが黙っていると、ジェラールはふたたびシュタイン伯爵に向きなおった。

「この塔に虜囚がいるとして、その正体は吾輩にもわからなかった。だが、ナポレオン皇帝でないことだけは確実だった」

「なぜです？」

「ナポレオン皇帝が、まちがいなく亡くなったのを、吾輩は知っていた。それというのも……」

ジェラールは静かに告白した。

「九年前、一八二一年の五月、吾輩はセントヘレナ島にいたからだ」

コリンヌもふくめて、その場にいた全員が息をのんだ。シュタイン伯爵が、ようやくといった感じで声を出す。

「すると、あなたはご自分の目で、ナポレオン皇帝が亡くなったのを、ごらんになったのか!?」

「さよう、この目で見た」

ジェラールが肯定すると、シュタイン伯爵はうめくように問いをかさねた。

「セントヘレナ島からナポレオン皇帝を救出しようという計画は、いくつも立てられたと聞いている。あなたはその計画を実行なさったのですな」

「そのとおり」

「いくらあなたでも、おひとりでは不可能だと思いますが」

「もちろんそうだ。ただ、同志たちの名はあかせない。迷惑がかかってはいかんからな。いささかおおげさにいえば、吾輩は、何百万人ものフランス人にかわって行動していたつもりだよ」

ジェラールはかるく目を閉じた。

「忘れようもない一八二一年五月五日のことだ。吾輩は同志とともに、ひそかにセントヘレナ島への上陸をはたした。フランス北部の港を出てから二ヵ月後のことだ……」

セントヘレナ島は絶海の孤島ではあるが、ヨーロッパからアフリカ大陸の南端をまわってインド洋へ出るための要地でもあった。遠い遠いインドや中国まで航海する船は、かならずセントヘレナ島に立ち寄り、新鮮な水や野菜や果物を積みこんでいくのだ。

それらの船にまぎれこんで、ジェラールの乗った船はセントヘレナ島に近づいた。夜になってボートをおろすと、風が強まって波が荒れるなか、島の南海岸に上陸する。イギリス兵のきびしい警備の目を逃れ、「ロングウッド」と呼ばれるナポレオン皇帝の幽閉場所にたどりついたときは深夜だった。すでに五月六日の午前二時になっていた。

平屋の建物の窓から、白い光がもれていた。午前二時という時刻に、みんなまだ起きているのだろうか。南半球にあるセントヘレナ島では、五月といえば秋のはずだが、ジェラールの額や首すじに汗が噴き出した。脚が慄えはじめた。

「吾輩は窓から室内をのぞきこんだ。二十人ほどの男女が、床にひざまずいて何か祈っていた。そして吾輩は見たのだ。床の中央に柩《ひつぎ》が置かれ、皇帝がそのなかに横たわっておられるのを」

フランス人もプロイセン人も、息をころしてジェラールの告白に聞きいっている。

「……すべての夢はついえた。吾輩は皇帝陛下にお別れし、難破した船の乗組員としてイギリス軍に出頭した。しばらく抑留《よくりゅう》されて、フランスに帰ったのは半年後のことだ」

ジェラールがコリンヌに視線を向けた。

「マドモアゼル、お前さんは、皇帝にパリを見せてあげたい、といってくれたな。その一言で、吾輩は決めたのだ。吾輩自身の目的をはたすだけでなく、かならずマドモアゼルを守ろうとな。この思いに嘘はない」

声が出ないまま、コリンヌはうなずき、もう一度うなずいた。

ラフィットが、おちついた声を出した。

「これはきわめて重要なことだ。だから、あえて失礼をかえりみず、確認させていただく。ジェラールどのがセントヘレナ島で見た遺体は、たしかにナポレオン皇帝だったのですな？」

「吾輩が皇帝のお顔を見まちがえるわけはない。名誉に懸けて誓う。皇帝は九年前の五月、たしかにセントヘレナ島で亡くなった」

ほうっ、と、何人かがいっせいに溜息をついた。

ジェラールはさらに話をつづけた。

「『双角獣《ツヴァイホルン》の塔』の話を聞いたとき、吾輩は怒りで目がくらみそうだったよ。もちろん、マドモアゼルに対する怒りではない。そんな噂を流したやつは誰だ。死者を生きた幽霊にしたてて利用するようなやつは、絶対にゆるさん、とな」

シュタイン伯爵が目を伏せたように、コリンヌには見えた。

「あの夜、吾輩は酔っぱらって乱闘などやらかした直後だったので、かえって、動揺したのをごまかすことができたのだよ。マドモアゼルが同行者を求めているとわかって、しめた、と思った。この機会を利用させてもらおうと思ったのさ。いったい何者が、どんな目的でそんな噂を流し、人々をたぶらかしたのか、ライン河までいってこの目でたしかめてやろう、とな」

「たしかめることができたわけだ」

そういったのはラフィットで、コリンヌを見て話しかけた。

「これでコリンヌのほうも、お祖父さまとの約束をはたせたわけだ。お祖父さまもひと安心というところだろう」

「そうだね」

コリンヌは、パリでブリクール伯爵に会ったときのことを思い出す。ナポレオン皇帝は九年前にセントヘレナ島で亡くなっていた。死者が復活することはない。ブリクール伯爵の心配の種が消えたわけだ。

ジェラールがふたたび口を開いた。

「こんな茶番劇をしくんだのは、メッテルニヒか」

ジェラールの声が静かだったので、シュタイン伯爵はかえって恥じ入ったらしい。目を伏せ、苦しげに答える。

「そこまでは私にもわかりません。すくなくとも私が指示を受けたのは、メッテルニヒ宰相からではない。ただ……」

「ただ？」

「ただ、メッテルニヒ宰相の承認なしに、このような計画が実行されるとは、私にも思えない」

「シュタイン伯爵、貴官はりっぱな軍人だ。吾輩は貴官を尊敬しておるし、責めるつもりもない。貴官は命令にしたがわざるをえなかったのだろう」

ジェラールはシュタイン伯爵に近寄り、右手を伯爵の左肩に置いた。

「ただ、こうなったからには、事情をはっきりさせておきたい。この『双角獣《ツヴァイホルン》の塔』に、ナポレオン皇帝は幽閉などされていなかった。そういうあやしげな噂を流して、ナポレオン皇帝の味方をおびき寄せ、つかまえてしまうという策略だった。そういうことですな、シュタイン伯爵」

「……さよう、そういうことです」

答えるシュタイン伯爵の表情はますます苦しげで、この策略にすすんで協力したのではないことを物語っていた。

これまでモントラシェと名乗っていたジェラールは、ヨーロッパ最高の剣士という風格と迫力はそのままに、いたわりをこめてコリンヌに話しかけた。

「マドモアゼル、これが答えだ。パリへ帰って祖父君に報告なさるといい。『双角獣《ツヴァイホルン》の塔』にナポレオン皇帝はいなかった、と。エティエンヌ・ジェラール、ジャン・ラフィット、アレクサンドル・デュマが証人となろう」

突然、怒声をはりあげた者がいる。

「伯爵、この者たちを無事に帰してよろしいのですか」

シュタイン伯爵は、声の主を見すえた。ラウスベルク憲兵大尉であった。

「なぜそんなことをいう、大尉？」

「なぜって……重大な秘密を知られてしまったのですぞ。彼らを無事に帰したりしたら、この後どうなりますか!?」

「大尉、これ以上みぐるしいふるまいはよそう。祖国プロイセンの名誉にかかわる」

シュタイン伯爵の声と表情には、ラウスベルク大尉の不満を押しつぶす力があった。大尉がしぶしぶ黙りこむと、シュタイン伯爵は視線をヨーロッパ最高の剣士にもどした。

「ジェラール准将、あなたは、カスパール・ハウザーのことをご存じか」

「カスパール・ハウザー？」

「ご存じないか。今回の計画は、カスパール・ハウザーの事件に触発されて考え出されたものなのだ」

誰が考えたのか、主語をシュタイン伯爵は口にしない。フランス人たちも、あえて口にしなかった。シュタイン伯爵が語りはじめたのは、世にも奇妙な事件についてだった。

V

「鉄仮面事件」がフランス史上最大の謎とするなら、ドイツ史上最大の謎は「カスパール・ハウザー事件」だろう、といわれている。しかも「鉄仮面事件」は昔のできごとだが、「カスパール・ハウザー事件」はコリンヌたちとおなじ時代におこった、いわば現在進行形の怪事件だった。

コリンヌがパリにやってきたのは一八三〇年十一月のことだが、その二年前、一八二八年五月。ドイツ南部バイエルン王国の古都ニュルンベルクに、ひとりの少年があらわれた。いきなりふたりの市民に話しかけたのだが、飢《う》えて疲れきったようすで、旅券も持っていない。警察につれていかれると、おびえきったようすで、「カスパール・ハウザー」と名乗った。

いちおう名前だけはわかったが、それ以外のことは、さっぱりわからない。それどころか、調べるほどに謎は深まるばかりである。カスパールは十七歳ぐらいに見えるのだが、言葉づかいは五歳ぐらいだった。黒や緑の色を極端におそれた。また歩きかたがおかしいので、医師が調べてみると、脚の骨の発育ぶりが異常だった。つまり、成長する時期に、せまくるしい牢獄に閉じこめられていたので、脚の骨の発達が阻害《そがい》されたとしか思えないのだ。

何年も前からおとなりのバーデン大公国で、世嗣《よつぎ》をめぐる争いがおこり、おさない若君が行方不明になっていた。もしかして、カスパール・ハウザーの正体は、バーデン大公国の若君ではないか？　赤ん坊のころ誘拐され、ずっとどこかの地下牢にでも幽閉されていたのではないだろうか？

噂が噂を呼び、あっというまにカスパール・ハウザーはドイツ一の有名人になった。彼に会おうとして、各地から人があつまった。彼を養子にしようという人もいれば、正体を調べようという人、金もうけに利用しようという人もいた。

「カスパール・ハウザーなんて、ただの嘘つきだ。詐欺師《さぎし》として逮捕しろ」

と主張する人もいた。一年、二年とたつうちに、カスパールは言葉もおぼえ、文字も書けるようになって、これまでのことを自伝にまとめようとした。ところが、その話が広まると、何者かに殺されそうになり、重傷を負って入院するはめになったのだ……。

「ふむ、たしかに奇妙な話だが、ハウザーとやらの正体はいまもわからないのかね？」

「じつは、ナポレオン皇帝の隠し子ではないか、という説まである」

シュタイン伯爵がそういうと、フランス人たちは妙な表情をした。おどろいたというより、苦笑いに近い表情だったが、その理由は、シュタイン伯爵にはわからなかった。

「貴官はそう信じておられるのかね？」

まじめな表情になって、ジェラールが問うと、今度はシュタイン伯爵が苦笑する。

「いや、私はむしろバーデン大公国のお家騒動に巻きこまれた人物だと思うが、まあ正確なところはわからない。今後の調査や研究に待つしかありませんな」

話を先まわりしてしまうと、カスパール・ハウザーは一八三三年十二月、夜の路上で何者かにおそわれ、刺し殺された。犯人も、犯行の動機も、不明である。しかも、カスパールの周囲にいた者たちが、かなりあからさまに捜査を妨害した節《ふし》がある。カスパール・ハウザーの遺体はヨハネス墓地に埋葬され、ニュルンベルク市長が追悼文《ついとうぶん》を書いた。だが本人が死んでも、「謎のカスパール・ハウザー事件」は終わらなかった。それどころか、さらに多くの疑問がつけ加えられ、多くの人が謎解きに参加し、真相について議論し、本を書いた。どんな冷静なドイツ人も、「カスパール・ハウザー」という名を聞くと、興奮して身を乗り出し、口から唾《つば》を飛ばして意見をたたかわせるといわれる。

一八三〇年といえば、そのカスパール・ハウザーがニュルンベルクで生きていて、謎が謎を呼び、疑惑は深まるばかり、という状態だった。プロイセンの将軍であるシユタイン伯爵は、その事件に興味を持つ要人たちから命令を受けてライン河へやって来たのだ……。

「……つまり、そのカスパール・ハウザー事件とやらが、今回のあざとい策略を思いつかせた、というわけですかね」

あきれたようにアレクがいい、ラフィットが皮肉っぽく頭《かぶり》を振る。

「何がおきても不思議ではない時代だ。とんでもないことを考えつくやつがいて、それを信じこむ者もいる」

「そうですね。現にブリクール伯爵は信じこんだわけですからね」

アレクがうなずく。ラフィットは何か答えようとして、思いなおしたように口を閉ざした。

ジェラールがコリンヌに向きなおった。

「ところで、マドモアゼル」

ジェラールの声には温かみがこもっている。

「パリを出て二、三日のうちに、マドモアゼルは吾輩の秘密に気づいたろう？　右の耳が半分ないことに」

コリンヌは赤面した。あのとき、コリンヌの態度を見ただけで、ジェラールはそのことを見ぬいたにちがいなかった。

「ごめんなさい。のぞくつもりはなかったんです」

「かまわんさ。他人に見せびらかすものでもないから、髪で隠していただけのことでな」

ジェラールは髪の上から耳に触れた。

「吾輩はベネチアで右の耳をうしなったのだ。もう二十年近く昔のことだがな」

「戦いで？」

コリンヌには、にわかに信じられなかった。モントラシェ、ではない、エティエンヌ・ジェラールと剣で渡りあって、その耳を斬り落とすことができるような剣士が、ベネチアにはいたのだろうか。いたとしたら、人間とは思えないほど強い人物だったにちがいない。

「いや、マドモアゼル、吾輩は剣をとって敗れたことはない」

そう断言してから、なぜかジェラールは、てれたような表情を浮かべた。

「吾輩が右耳をうしなったのは、まあ、その、何だ、おとなにはいろいろ事情があるということで……」

「まさか……」

コリンヌは眉をひそめた。まさかジェラールは女性と争って、相手が興奮して振りまわしたナイフで耳を切り落とされたのでは？

「いや、ちがうちがう」

ヨーロッパ最高の剣士が、見るからにうろたえたので、謹厳《きんげん》そうなシュタイン伯爵までもが笑い出しそうになった。ジェラールに助け舟を出したのはラフィットだ。

「ベネチアで、さる女性の名誉を救うため、身代わりになった、と聞いている。それ以上のことは、マドモアゼル、紳士の私生活にかかわることで、追及は無用だ」

「つごうがいいんだから、まったく」

口ではそういったが、コリンヌも、本気で怒る気にはなれない。彼女を助けてくれた三人のおとなは、そろいもそろって女性に弱いようだが、それを軽蔑するつもりなど、コリンヌにはなかった。すてきなおとなとは、欠点や弱点も魅力に変える人たちなのだろう。彼らと行動をともにして、コリンヌはそう納得することができる。もっとも、コリンヌは三人に対してすっかり仲間意識を抱いているので、こういう気持ちは身びいきというものかもしれない。

ジェラールが、ひとつ咳ばらいして、プロイセンの将軍にたのんだ。

「シュタイン伯爵、一筆入れていただけますかな」

「一筆とは？」

「ここにおられるコリンヌ・ド・ブリクール嬢が、たしかに『双角獣の塔《ツヴァイホルン》』に登って、虜囚の正体をたしかめた。そう証明する文書を書いていただきたいのだ」

「それは……」

「ブリクール伯爵という人物に、証拠としてしめすだけ。けっして余人《よじん》には見せぬし、用がすめば焼きすてる。政治的に悪用しないことを、エティエンヌ・ジェラールの名誉にかけて誓うが、いかがかな」

シュタイン伯爵は考えこんだが、長いことではなかった。

「わかりました。ジェラールどのがそうおっしゃるのであれば、お役に立ちましょう。バウアー中尉、下の階へいって、インクとペン、それに紙を用意しておいてくれ」

「かしこまりました」

バウアー中尉はいそいで階段を駆けおりていった。ラウスベルク大尉がすこし不満そうに口髭をひねったが、口に出しては何もいわなかった。その大尉に、シュタイン伯爵が命じた。

「ジェラールどのが手加減してくださったおかげで、さいわい死者は出なかった。それでも負傷者が何人もいる。応急手当をして、軍医の手配を」

「はっ、ただちに」

ジェラールが頭をさげた。

「貴官のたいせつな部下の方々に対して、申しわけないことをしましたな、伯爵」

「何の、ジェラール准将と剣をまじえた結果とあれば、名誉の負傷というもの。では私たちも下へおりましょう」

プロイセン人もフランス人も、ぞろぞろと階段をおりはじめる。肩を並べて語りあうジェラールとシュタイン伯爵の背中を見つめながら、コリンヌが足を運んでいると、アレクが話しかけた。

「いや、これで万事めでたしじゃないか、コリンヌ」

「そうだね、でも、まだパリに帰り着いたわけじゃないから」

「そのとおりだ、マドモアゼル」

ラフィットがいった。何か考えをめぐらせているような口調だった。

「まだ終わってはいない。すべて解決するのは、パリに帰り着いてからだ」

第六章

コリンヌはパリに帰り 意外な真相に直面する

I

一八三〇年十二月二十五日。降誕祭《ノエル》当日。

パリの街には粉雪がちらついていた。朝から空は暗かったが、風はなく、冷たく湿った空気を教会の鐘が震わせている。

サンジェルマン街の一角に大型の馬車がとまり、ひとりの少女と三人のおとなが降りてきた。ブリクール伯爵邸の大きな鉄格子門の前に立って案内を請う。うろたえたようすの男が門を開くまで、四人はかなりのあいだ待たされた。コリンヌ、ジェラール、ラフィット、アレクの四人である。

彼らがライン河畔《かはん》を出立したのは、十二月三日のことだ。パリへ直行すれば、十七日か十八日には到着できたはずだが、途中で「暁の四人組《パトロン・ミネット》」に待ち伏せされているおそれがあった。大きく南方に迂回《うかい》し、西からパリにはいったので、降誕祭《ノエル》当日までかかったのである。日数はかかったが、妨害されることなく、到着できたのだった。

「降誕祭《ノエル》だというのに、敬虔《けいけん》さのかけらもないな」

「庭じゅう掘り返してますね」

「窓もぜんぶ鎧戸《よろいど》を閉めてる。どういうつもりかな」

会話をかわしつつ四人は庭を突っきっていった。

穴を掘っていた男たちのうち、ふたりが、帽子を深くかぶって顔を隠した。おどろくほどの大男と、少年のように若い、危険な目つきをした男だ。

「帰ってきやがったぜ」

「いままでどこにいたんだろう」

ふたりは鶴嘴《つるはし》を放り出し、目くばせしあうと、四人の来客のあとをつけはじめた。

薄暗い大ホールに、コリンヌは帰ってきた。五十日ぶりだ。窓はすべて閉ざされ、室内はランプの光で黄白色《おうはくしょく》に照らされている。

壁の大時計が十二回鳴り終わった。

「正午にまにあいました、お祖父さま」

まっすぐ前方を見て、コリンヌは告げた。

車椅子にすわった白髪の人物と、その横にひかえた中年の男。ランプの光は、彼らの顔を照らすというより、むしろ翳《かげ》りをつくり、表情を隠すかのようだった。いかめしい声が伝わってきた。

「コリンヌ、おまえの左右にいるのは何者だ？」

「わたしの仲間です、お祖父さま。こちらから順に、ジェラール准将、ラフィット船長、それにアレクサンドル・デュマ氏」

マルセルの眉が大きく動いたようだ。

「ジェラール准将といったが……あの有名な剣士のジェラール!?」

「名をおぼえていただいていたとは、光栄ですな」

ジェラールが、かるく一礼した。だが両眼には親しみの色はない。ひややかなほど鋭く、ブリクール伯爵とマルセルを見すえた。伯爵は居心地悪そうに、車椅子の上で身じろぎ、視線をそらす。右手が何気なさそうに、ひざにかかった毛布の下にすべりこんだ。

コリンヌが一語一語はっきりと告げた。

「わたしはこの人たちといっしょに、ライン河までいきました。『暁の四人組《パトロン・ミネット》』と称する無法者たちに妨害されましたけど、この人たちのおかげで無事にライン河を渡って、『双角獣の塔《ツヴァイホルン》』に登ることができたのです」

「登ったのか」

マルセルの声には、隠しきれない動揺のひびきがあった。うなずいて、コリンヌはつづけた。

「その結果、塔に閉じこめられていた人は、ナポレオン皇帝ではないことが判明しました。そのことをご報告いたします」

コリンヌが口を閉じる。伯爵が何もいわないので、アレクが巨体を乗り出した。

「コリンヌはたしかに『双角獣《ツヴァイホルン》の塔』に登りましたよ」

「証拠は？」

と、マルセルがいう。

「やれやれ、やっぱりそう来ましたか。ぼくたち三人が証人だ。そうでしょう？」

陰気な口調で、伯爵が答えた。

「おまえたちなど信用できない」

「だって、ぼくたち三人が証人で、……何なら証明書も」

「信用できんといっておるのだ！」

伯爵の怒声が、ジェラールの冷笑を誘った。

「むだだ、アレク、彼は最初からマドモアゼルの報告を信用する気はない。だったら、なぜマドモアゼルをライン河へいかせたのかな」

「そうだ、ジェラール准将、これは最初からおかしな話だったんだ。アレク、考えてもみたまえ。コリンヌがブリクール伯爵の孫であることを認めること。『双角獣《ツヴァイホルン》の塔』に幽閉されている人物の正体をたしかめること。このふたつの間に、もともと関係などありはしない。アレク、君だったらコリンヌの素姓をたしかめるために、どういう手段を使う？」

ラフィットの質問に、いささかとまどいながら、アレクは答えた。

「そうだな、ぼくだったらカナダに人を派遣するか、カナダの現地の人に依頼して、まずコリンヌと母上に話を聞きますよ。そこからでなきゃ、何ひとつはじまらない。コリンヌ、そういうことはなかったんだよね」

「……一度も」

ジェラールが確認の言葉を発した。

「こういうわけだな、海賊、ブリクール伯爵は、『双角獣《ツヴァイホルン》の塔』に幽閉されている人物の正体など、どうでもよかった。目的は、マドモアゼル・コリンヌをパリから、この屋敷から引き離すことにあった、と？」

ラフィットが、かるく手をひろげた。

「そうなんだ、ジェラール准将、この一件は、コリンヌを五十日間パリから離れさせ、よそへいかせる、ただそれだけを目的として仕組まれたことなんだ」

ランプの光が揺れると、室内にいる者たちの影も揺れる。まるで万魔殿《パンデモニウム》で魔物たちが会議を開いているみたいだ、と、コリンヌは思った。大ホールを上方でとりまく回廊はひたすら暗く、それこそ魔物がひそんでいるように思える。

「五十日あれば、たいていのことはできる。隠された財宝を探すことも、偽の書類をでっちあげることも、死体を隠すことも……」

ラフィットの声が低くなり、かえってコリンヌは不吉な予感に胸をむしばまれた。闇を振りはらうように、アレクのほうは声を大きくする。

「ですが、そんなことをして、ブリクール伯爵に何の利益があるんです？」

「何もないさ、ブリクール伯爵にはね」

ラフィットの返事に、一瞬の間を置いて、アレクは息を飲んだ。

「ま、まさか……」

「いや、アレク、まさかじゃない」

ラフィットは溜息をついたようだ。コリンヌのほうを見ないようにして、車椅子にすわった人物に、容赦のない声をかけた。

「さて、ご老人、あなたはこれまでさんざん要求なさってきましたな。証明しろ、証拠を見せろ、信用させてみろ、と。そろそろ、こちらに順番がまわってきた、と、私には思われます」

ラフィットは一歩すすみ出ると、車椅子にすわった人物に向けて指を突きつけ、断固たる態度で要求した。

「あなたが本物のブリクール伯爵である、という証拠を、見せていただきたい」

薄暗い室内の空気が氷と化した。叫び声で沈黙の氷をたたき割ったのは、伯爵ではなくコリンヌだ。

「何いってるの、ラフィット船長!?　この人はブリクール伯爵で、わたしのおじいさまだよ。それ以外の誰だっていうのさ！」

答えたのはラフィットではなく、ジェラールだった。

「マドモアゼル、おまえさんはカナダ生まれのカナダ育ちだな。生まれてはじめてパリにやって来て、生まれてはじめて祖父君と対面した。そうだな？」

「そ、そうだよ」

「生まれてはじめて会ったのに、どうして、祖父君だとわかったのかね？」

コリンヌは茫然とした。

一八三〇年当時、写真というものはまだ地上に存在しない。フランスの画家ダゲールによって、「ダゲレオタイプ」と呼ばれる写真技術が発明されるのは一八三八年のことである。それまで、他人の顔を知るには、直接会うか、肖像画《しょうぞうが》を見るか、どちらかしかなかった。

だからコリンヌは祖父ブリクール伯爵の顔を知らない。パリまで来て屋敷をたずね、ブリクール伯爵と名乗る人物に対面しただけである。うたがう理由はなかった。そのときは。

「正気か、ならず者どもめ！」

車椅子の人物が怒号した。毛布の外に出した左手が慄えている。

「わしは本物のギイ・ド・ブリクール伯爵だ。これ以上、無礼なことをいうと赦《ゆる》さんぞ！」

動じる色もなく、ラフィットがいい返す。

「私の調べたところでは、ブリクール伯爵はここ二ヵ月ほど、病気と称してまったく知人に会っていないそうだ。すくなくなっていた使用人たちも、そろって解雇された。本物のブリクール伯爵を知る者は、すべて遠ざけられたというわけだ」

電光がひらめいたように思われた。抜く手も見せず、ジェラールが剣を一閃させたのだ。

車椅子の上から毛布がはねあがり、空中でふたつに裂けた。怪鳥の翼さながらに床に舞い落ちる。それより早く、剣の二閃めが、車椅子の人物の右手から黒く光る物体をたたき落としていた。冷たい床の上に、もっと冷たい拳銃が落ち、車輪のように回転する。

ブリクール伯爵と名乗る人物は、ジェラールの斬撃《ざんげき》をかわした。飛びあがって剣尖《けんさき》から逃がれる。車椅子が音をたてて倒れた。足もとがよろめき、伯爵の偽者は手近にいた人物のひざにしがみついた。その人物はアレクだった。アレクは床に落ちた拳銃をひろおうとして、自分も体勢をくずしてしまった。

まったく偶然だが、アレクは、偽伯爵が左右の手をかさねた、その上に尻餅をついたのである。アレクの体重に両手を押しつぶされて、偽伯爵は苦痛の悲鳴をあげ、両足で床を蹴りつけた。車椅子に乗る必要などない、健康な足なのだ。

「や、こりゃ失敬……」

あわてて立ちあがろうとするアレクを、鋭い声が制止した。

「アレク、立つんじゃない！」

ラフィットの声だ。

「そのますわりこんでいろ。そいつの手を自由にするな」

ラフィットは足早に歩み寄ると、身動きのとれない男の頭に手を伸ばし、白い髪の毛をつかんでもぎとった。

II

白い鬘《かつら》は、拳銃のそばに放り出された。褐色《かっしょく》の髪、本物の髪がむき出しになる。ラフィットは、立ちすくむコリンヌをちらりと見て、すぐ視線をはずした。コリンヌに対しては、いうに忍びない気がしたのだ。

「わかったろう、アレク、この人物はブリクール伯爵じゃない」

「そ、それはわかった。でも、それじゃ、伯爵にばけていたこいつは、いったい誰なんですか」

「ババだ」

「ババって、あの、『暁の四人組《パトロン・ミネット》』の……!?」

「そう、舞台俳優あがりで変装の名人、ババその人だ。うかつに動くなよ、アレク、手が自由になったら、そいつは君の歯をひっこぬくぞ」

「そいつはごめんだ」

アレクは体重をかけてすわりなおした。ブリクール伯爵の衣装を身に着けたまま、ババは苦しげな悲鳴をあげた。

「それでよし」

ラフィットがうなずいたとき、激しい物音がおこった。それまで動かなかったマルセルが服の内ポケットからナイフを引きぬき、コリンヌにおそいかかろうとしたのだ。ジェラールの左手がひらめくと、重い鞘がうなりを生じ、マルセルの右手首にしたたかな一撃を加えていた。

「マルセルさん……？」

「コリンヌ、そいつもマルセルではない」

ナイフが床にころがり、マルセルと名乗っていた男は苦痛のうめきをあげて右手首をおさえる。手首の骨にひびがはいったのかもしれない。

「『暁の四人組《パトロン・ミネット》』のひとり、顔のない男クラクズーだ」

「クラクズー!?　この人が……」

「そうだ。役まわりが逆かとも考えたことがあるが、老人に化けるなら変装の名人であるババのほうだろう。クラクズーがマルセルに化けるのは素顔でできる。必要ができたら目撃者を消せばいいからな。こんな具合に！」

ラフィットが身をかわした。苦痛にもだえていたはずのクラクズーが跳躍《ちょうやく》したのだ。落ちたナイフを左手でつかみ、ラフィットの心臓めがけて投げつけた。

ジェラールが左手の鞘をふるい、クラクズーの首すじに一撃をくらわせる。クラクズーの身体は宙で一回転して床にたたきつけられていた。

常人《じょうじん》なら首の骨を折っていたかもしれない。とっさにクラクズーは全身から力を抜き、背中を丸めて、損害を最小限にくいとめた。それでも強く身体を打って、動けなくなったようだ。

「ふふん、さすがに大物の悪党だけあるな。まったく油断できん。ジェラール准将、ありがとう」

「でも、どうしてわかったの？　この人たちが、わたしの……祖父や親戚じゃないって」

クラクズーがまたはね起きるのではないか、と用心しつつ、コリンヌは問いをかさねた。

『暁の四人組《パトロン・ミネット》』はいつも四人でいっしょに行動する。そのうち、ふたりだけがいつも我々の前に姿を見せていた。すると、あとのふたりはどこにいるのだろう。顔のない男クラクズーと、俳優あがりのバベは」

一同の視線が、正体を暴露されたふたりの男に集中した。クラクズーは起きあがろうとしてもがいている。ババはアレクの巨体の下で、息もたえだえに見えるが、それも演技かもしれない。

「ふたりとも最初からわたしの前にいたんだね」

「そうだよ、コリンヌ」

コリンヌは呼吸をととのえた。

「ババがわたしの祖父にばけていた。クラクズーがマルセルにばけていた。それはわかったけど、だとしたら、ひとりあまるでしょう？」

「覆面をしていた男のことかね」

「そう」

すぐには答えず、ラフィットはババに近づき、白い口髭をむしりとった。もちろん付け髭だ。それを床に放り出してから答えた。

「それこそ、本物のマルセルだよ」

「…………！」

「じゃあ、マルセルというやつは、実在していることはいるんですね」

気味悪そうに、アレクがババを見おろす。ババの顔は、老人に変装するための顔料《がんりょう》がはげかけて、みぐるしいまだら模様になっていた。

「コリンヌ、君の祖父君は、息子をカナダへ追いやってしまったことを、ずっと後悔していたのだよ。意地を張って、息子をなくしてしまったのだから。それでも、いつか帰ってきたら、仲なおりしてやろう、と思っていたが、息子は老いた父親より先に死んでしまっていた」

ラフィットが少女に説明した。

「君の祖父君は悲歎にくれたが、孫娘が健在だとわかって喜び、この屋敷に迎えようとした」

クラクズーがようやく半身を起こした。

「ところがそれはマルセルにとって、とうてい我慢できないことだった。自分が伯爵の唯一の血縁であれば、爵位も財産も受けつぐことができる。そう思って、長いこと辛抱してつかえていたのに、こんなことが認められてたまるか。そう彼は思ったんだ」

このとき、ジェラールが音もたてずに行動していた。鞘にいれたままの剣を手にして壁に貼りつき、横へ横へと歩いて大広間の扉まで音もなくたどりつく。

「気をつけろ、待ち伏せが……！」

クラクズーがわめいたときはおそかった。ジェラールがいきなり扉を内側に開くと、ふたつの人影が大広間にころがりこんできた。扉に寄りかかるようにして、なかのようすをうかがっていたのは、庭に穴を掘っていたふたりの男だ。

「モンパルナスにグールメールだな。ライン河以来だが、元気だったかね」

「ちっとも元気じゃねえよ」

モンパルナスが吐きすてた。自分はナイフをつかんだままの手を、ジェラールに踏みつけられている。グールメールの顎の下には、ジェラールの剣尖が突きつけられている。元気の出しようがない。

こうして「暁の四人組《パトロン・ミネット》」はまとめて大広間の中央に集められた。四人のうちふたりはすくなからず痛めつけられ、手足をさすっている。残るふたりはほぼ無傷だが、抵抗の無益をさとってか、表面的にはおとなしい。

「ではここで重大な発表をしよう」

ラフィットが四人の無法者に告げた。

「ブリクール伯爵家の財産は、紙くず同然だ。五千万フランどころか、五スー銅貨一枚の価値もない。諸君はむだ骨を折ったんだ」

「なぜだ！」

「どうしてだよ！」

「嘘をつくな！」

「だまされんぞ！」

「暁の四人組《パトロン・ミネット》」がいっせいに吼えたてた。バベもクラクズーも、身体の痛みを一瞬、忘れたようだ。

「信じたくない気持ちはわかる。ライン河くんだりまで出向いたり、今日も今日とてこの屋敷の庭を掘り返したり、出費だってかさんだろうからね。だが、諸君が追っていたブリクール伯爵家の財産は幻なのだよ」

「誰がそんなたわごとを信じるか。口から出まかせも、ほどほどにしやがれ」

「やれやれ、海賊王ジャン・ラフィットともあろう者が、なめられたものだ」

ラフィットは両手をひろげた。何だか、バベ以上の舞台俳優のように、コリンヌには見えた。海賊の首領ともなれば、演技力や弁舌の才もけっこう必要なのだろう。多くの部下を統率し、必要があれば説得しなくてはならないのだから。

「『暁の四人組《パトロン・ミネット》』の諸君、このジャン・ラフィットが、若くして海賊王と呼ばれたこの私が、パリを出立するとき、何の手だても講じておかなかったと思うのかね。私の目となり耳となって、留守中の情報をあつめておいてくれる人間を、パリに残しておかなかったとでも思うのかね？　とんでもない、そんな手ぬかりをするようなら、私はとっくに絞首台に吊るされていただろうよ」

「暁の四人組《パトロン・ミネット》」は無言で眼を光らせ、薄闇のなかでたがいの表情をさぐりあった。ラフィットの態度を見て、自信がなくなってきたらしい。

「えらそうにいうが、証拠があるのか」

床に激突した腰のあたりをさすりながら、クラクズーが口を開いた。

「証拠がなきゃ、信じられねえな」

「よかろう。ハイネ君、出てきたまえ」

呼びかける声が、大広間にひびきわたる。あけられたままの扉の外から、いそぎ足の靴音が近づいてきた。帽子と鞄《かばん》を手にした男があらわれ、礼儀ただしく頭をさげる。

コリンヌは、あっけにとられた。その若い男は、パリ出発の直前、ひそかにラフィットと会っていた男だったのだ。

ラフィットは男の肩に手をおいた。

「敵味方のすべての諸君、紹介しよう。彼の名はハインリッヒ・ハイネ。アルゲマイネ・ツァイトゥング新聞の通信員としてパリに住みはじめたところだ」

コリンヌは、またおどろかされた。

「ハインリッヒ・ハイネ？　すると、あの『ローレライ』の作詞者？　知ってます、とてもいい歌ですよね！」

「え、ええ、そうです。いや、うれしいなあ、外国の人たちにまで知ってもらえていたなんて。望外《ぼうがい》のことです」

何だかアレクよりずっと謙虚《けんきょ》な人のようである。この人を、もしかしたら悪人かもしれない、と思ったことを、コリンヌは恥ずかしく思った。アレクが鼻を鳴らす。ハイネの作品をコリンヌがほめたので、つい不愉快になったらしい。ラフィットが笑ってなだめた。

「いや、君も天才さ、アレク。私にいわせれば、ハイネ君は詩の天才で、アレクは劇や小説の天才だ。ふたりとも文学史上に不滅の名を残すと私は信じているが、まあその話は後にして、ハイネ君、この五十日間に君が調べたことを、みんなに報告してあげてくれ。そう、『暁の四人組《パトロン・ミネット》』の諸君にもね」

III

左側にコリンヌたち四人、右側に「暁の四人組《パトロン・ミネット》」、合計八人の聴衆にはさまれて、ハイネはやや緊張したようすである。

「ええと、まことに残念ながら、伯爵家の財産は、今日では無価値といわざるをえません」

ランプの光で、書類を読みあげる。

「なぜなら、五千万フランは、ほとんどすべて国債《こくさい》だからです」

「国債……!?」

モンパルナスが高い声をあげ、コリンヌが小首をかしげた。

「アレク、国債って何？」

「うーん、ぼくもあまりよく知らないんだがね」

国債とは、国家が発行する債券のことだ。では債券とは何かというと、要するに、借金の証文だと思えばよい。国家は国民から税金をあつめるが、それでもたりないとき、国債を発行して、国民からお金を借りるのである。

たとえば、「額面一万フラン、満期は十年、利息は年五パーセント」という国債がある。その国債を銀行で買えば、毎年、利息を五百フラン支払ってくれるし、十年後に銀行に持っていけば、元金の一万フランを返してくれる。そういう仕組なのだ。

国家が保証してくれるから安全だ、と思う人が多い。だが、国家そのものが消えてなくなったときにはどうなるのか。誰がお金を返してくれるのか。

ハイネが声をはりあげた。

「まず、ナポレオン皇帝のころフランス帝国政府が発行した国債が二千万フラン。いまやフランス帝国は存在しません。したがって無効です」

「暁の四人組《パトロン・ミネット》」が、おそろしい怒りのうなり声をあげた。ハイネはたじろいだが、ひとつ咳ばらいして、書類を読みつづける。

「つぎにシャルル十世が発行した国債が一千五百万フラン。これは七月革命によって無効になりました」

「何て目先のきかねえ爺《じじ》いだ！」

モンパルナスがののしったのは、本物のブリクール伯爵に対してだろう。クラクズーが舌打ちし、ババが口のなかで何かつぶやき、グールメールが太い腕を組んで天井を見あげた。「暁の四人組《パトロン・ミネット》」は全員おなじ感想を抱いたようである。

「さらに、ジョアキム・ミュラ元帥がナポリ国王だったとき発行した一千万フランの国債がありますが……」

ハイネがいいかけたとき、突然、笑い声がおこった。みんながおどろいて声の方角を見ると、ジェラール准将が剣を手にしたまま、天井を見あげて哄笑《こうしょう》している。

「わははは、こいつは傑作だ。ミュラが発行した国債とはな！　ミュラはとっくに死んだ。ナポリ王国も消えた。当然、国債は無価値だな」

「そのとおりです」

何やら申しわけなさそうに、ハイネがうなずく。コリンヌは、またアレクに質問した。

「ミュラって人、ジェラール准将の知ってる人なの？」

「ミュラはナポレオン皇帝の妹と結婚した人でね、騎兵隊の司令官として有名だった人だよ。十五年前にオーストリア軍につかまって処刑されたけど」

ジェラールがまだ笑っている。

「ミュラは勇敢な男だったよ。だが国王には向いてなかったなあ。夫婦でむだづかいばかりしてたから、そりゃ金が必要だったろう。そんなやつの発行する国債なんて、買うほうがまぬけってもんだ……いや、失礼」

ジェラールがコリンヌを見て頭をかく。ラフィットが問いかけた。

「ハイネ君、計算によると、まだあと五百万フランほど残っているはずだが、それはどうなってる？」

「はあ、それはすべて、七月革命でシャルル十世といっしょに亡命した貴族たちに貸してあります。七、八人いますが、行方不明の者もいて、回収は不可能です」

息ぐるしい沈黙は、長くつづかなかった。

「ちくしょう《モン・デュ》！」

そう咆えたのは、大男のグールメールだった。いつもだったら、まっさきにそう叫ぶはずのモンパルナスは、自分自身をあざけるように首を振った。

「けっ、ちくしょう《モン・デュ》と叫ぶ値打ちもねえや」

クラクズーが大きく肩で息をすると、陰気な目つきでコリンヌたちを見わたした。

「こいつはとんだ茶番劇だったな。で、おれたちをどうする気だ？　縛りあげて牢獄に引っぱっていくのか」

「それは警察の仕事だ。吾輩たちはマドモアゼルの身が守れれば、それでいい」

「ああ、そうかよ」

「そんなことより」

と、ジェラールはラフィットに向きなおった。

「海賊も詩人も、よくやった。おまえさんたちが調べたことに、まちがいはなかろう。だが、そうなると、あたらしい疑問がひとつ出てくるぞ」

「うかがいましょう、准将」

「つまり、こういうことだ。そこにいる詩人どのが五十日以内に調べられることを、本物のマルセルとやらは、調べなかったのか？　五千万フランの資産が紙くず同然ということに、ずっと気がつかなかったのか？　資産乗っとりをたくらむにしては、まのぬけた話じゃないか」

「そいつは、おれたちもぜひ知りたいね」

憮然《ぶぜん》とした口調で、クラクズーが仲間をかえりみた。モンパルナス、ババ、グールメールが、くりかえしうなずく。もちろんコリンヌも、それを知りたい。

「それは私より本人の口から語らせよう。そろそろ出てきたらどうかね、マルセル君！」

ラフィットが呼びかけたのは、天井に向かってのように見えた。いや、天井に近い、上方の回廊に向けてだ。ノートルダム寺院に飾られた魔物の像のように、闇のなかで、さらに黒い影がうごめいた。回廊の手摺をつかんで立つ黒衣の人影。帽子も外套も黒い。どうやら覆面はしていないようだが、顔立ちはとても判別できなかった。

だがモンパルナスにはわかったようだ。「あのやろう」と、敵意をこめて吐きすてる。

黒衣の人物が声を発した。

「ご高説いろいろと拝聴したよ」

悪念にぎらついた声だった。両眼だけが、まるで炉《ろ》のなかの石炭みたいに燃えあがっている。そこから放たれた憎しみの矢は、まっこうからコリンヌを突き刺していた。コリンヌは思わず唾を飲みこんでしまったが、それ以上はひるまなかった。胸を張って、本物のマルセルを見返した。

ラフィットが静かに語りかける。

「では、マルセル君、告白すべきことがあるなら、聞こうじゃないか」

「そうだな、この屋敷がほしかった。子どものころから、あこがれていたんだ。私がおとなになって、従兄弟のモーリスがカナダへいってしまうと、思わぬ機会がおとずれた。伯爵は、甥である私をあととりにしてもいいとほのめかし、それを信じて私は伯爵につくした。ところが……」

声に歯ぎしりの音がまじったようだった。

「その小娘がパリに来る十日ほど前のことだ。ブリクール伯爵が私を呼びつけた。やつはうれしそうにいったよ。『孫娘がカナダからやってくる、彼女を見て気にいったら、あととりにするつもりだ』と」

マルセルは二度つづけて舌打ちの音をたてた。

「私はいってやったよ、『じゃあ私の立場はどうなるんですか』と。すると、答えはこうだ、『気の毒だが、おまえには何もやれない。だいたい、わが家にはもう財産などないのだ。隠しておいて悪かったが』と……」

かわいた笑い声が、うつろに反響する。

「我に返ったとき、私の手には重い青銅の燭台《しょくだい》があって、血がべっとりついていた。床には白髪頭を赤く染めた伯爵が、うつ伏せに倒れていた。まだ手足がぴくぴく動いていたから、燭台を頭に落としてやったよ」

コリンヌは無言で両の拳を握りしめた。三人のおとなが、気づかわしげな視線を向ける。心配しないで、と、コリンヌは心につぶやいた。

「そのあとが、じつにあわただしくてね。いろいろ考えた。理想をいえば、その小娘を伯爵殺しの犯人にしたてて、断頭台《ギロチン》送りにしてやりたかったが、それより私自身が疑われないことがたいせつだった」

「大いそぎで、五千万フランを餌にして『暁の四人組《パトロン・ミネット》』を誘いこんだというわけだな。コリンヌがパリに来たとき、伯爵はまだ生きていた、ということにする。コリンヌにはパリを離れた他の土地へいかせる。あとは状況の変化しだい。たとえば、コリンヌがパリで伯爵を殺して逃亡し、ライン河で溺《おぼ》れ死んだ、という筋書《すじがき》だって、そう無理ではない」

「ほう、海賊さん、なかなかうまい筋書を考えるじゃないか。そこにいる色黒の大男なんぞより、よっぽど作家に向いてるぜ。だが、残念ながら発表の機会はないだろうな」

色黒の大男といわれたアレクが、憤慨して何かいおうとしたが、口をあけたまま鼻を鳴らした。はじめて気づいたのだが、こげくさい匂いが空中にただよっている。

「おい、何だか暑くねえか」

ババの声に、クラクズーが陰気に応じた。

「暑い上に、煙がたちこめてきたぜ」

室内の全員が周囲を見まわした。ランプの光が翳《かげ》り、青とも白ともつかぬ気体の幕がおりはじめている。モンパルナスが絶叫した。

「てめえ、火をつけやがったな！」

「どうせ私のものにはならないんだ。だったら地上から消してやるまでさ。君らのように下品なやつらとつきあうのにも、あきあきしたことだしな」

マルセルは左手をかかげた。金属製の小さな物体がいくつも触れあって音をたてる。

「ここに鍵がある。これを使えば外に出られる。どうだ、ほしいか？」

モンパルナスが身をひるがえし、扉に駆けよった。把手《とって》をつかんで乱暴にまわす。怒りと失望の声をあげ、掌《てのひら》で激しく扉をたたいた。

「やろう、おれたちを閉じこめやがった！」

「ご名答。窓の鎧戸は釘で打ちつけてあるよ。さあ、どうするかね？」

マルセルの高笑いが、不意にかき消された。銃声が反響をかさね、マルセルの手から鍵束が飛んだ。アレクが太い腕を前上方に伸ばしている。手にした拳銃の銃口から薄青い煙があがり、すぐ火災の煙にとけこんだ。

宙を落下する鍵束。コリンヌとクラクズーが同時に手を伸ばす。ジェラールが足を出した。足を引っかけられて、クラクズーがもんどりうつ。跳躍したコリンヌが鍵束を手にした。ラフィットがアレクを賞賛した。

「おどろいたな、アレク、たいへんな腕前じゃないか。いままで、どうして隠していたんだ？」

「隠していたわけじゃないんですよ。コリンヌにはいいましたけどね、これまでお年寄、いえ、失礼、年長者の方々に花を持たせてあげていたんです」

「自慢はあとだ。出るぞ！」

コリンヌの肩を抱きながら、ジェラールがどなった。あわててアレクとハイネがつづく。ラフィットが「暁の四人組《パトロン・ミネット》」をちらりと見て走り出すと、四人の無法者は、うろたえた顔を見あわせた。

「おい、どうする?」

「ばか、迷っている場合か!」

先をあらそって、四人は駆け出した。先頭に立ったのはバベだ。つい先ほどまで、足の不自由なブリクール伯爵のふりをして車椅子にすわっていたのだが、正体をあらわすと、なかなかの快足ぶりだった。アレクに押しつぶされた身体の痛みも、どこかへ飛んでしまったらしい。

一秒ごとに煙が濃くなり、異様な音がひびく。壁や天井の破片が、火のかたまりになって落下してくる。火の粉が乱舞して、髪や服にまつわりつく。

コリンヌ、ジェラール、アレク、ラフィット、ハイネの五人は、玄関から外へ飛び出し、さらに数十歩走った。炎上する建物の近くにいては危険だ。外の冷気と、建物からの熱気に、はさみ撃ちにされながら庭へまわる。

「どうやら火刑にならずにすんだな」

「マルセルは? マルセルはどこ?」

コリンヌの声で、四人のおとなは周囲を見まわした。粉雪と煙が入りみだれるなか、どこにも姿が見えない。

「たとえ警察につかまらなくても、マルセルは二度と大手を振ってパリの街は歩けないさ」

「そうだな、『暁の四人組《パトロン・ミネット》』が、あの男をこのまま放っておくはずがない。だまされ、利用されたあげく、焼き殺されるところだったんだからな」

「それどころか、マルセルにしてみれば、警察につかまったほうが、よっぽど幸運でしょうよ」

ややや強い風がおこり、それを受けて、煙が流れた。玄関からまっすぐ門へと駆け去る四つの人影が見えた。ひとつの人影が立ちどまり、コリンヌに向けて、わざとらしく手を振ってみせた。ふたたび煙が立ちこめて、その姿は消えうせた。

あれはモンパルナスだろう。たいして理由もなく、コリンヌはそう思った。

黒煙につづいて炎が無数の舌で建物をなめつくし、やがて屋敷は焼け落ちた。何十人かの警察官が駆けつけたが、手の打ちようもなかった。油がまかれていたことが、あとで判明した。

本物のブリクール伯爵の遺体は、地下室の壁のなかから発見された。屋敷が焼け落ちたので、土台をくずして整理の作業がおこなわれた、そのさなかだった。

コリンヌは祖父のために泣いた。車椅子に乗ったバベを祖父だと思いこんでいたときには、この人のために涙を流すことがあろうとは思えなかった。だが、孫娘に会うことを楽しみにしていた老伯爵の真の姿を知って、コリンヌは泣くことができたのだ。

ジェラール、ラフィット、アレク、ハイネの四人につきそわれて、コリンヌは祖父の葬儀をひっそりとすませ、柩《ひつぎ》をペール・ラシェーズ墓地におさめた。

Ⅳ

一八三一年三月末、パリの北門の外で、ひとつの別れがおこなわれた。馬車の前に立つのは旅装のコリンヌとハイネ、見送る三人の紳士はジェラール、ラフィット、アレクだ。

フランス北部のルアーブル港から、イギリスを経てカナダに向かう、この年はじめての船だった。冬の間、雪嵐や氷山のために、カナダへの航路は閉ざされる。コリンヌの乗る船は、春のおとずれを告げる、フランスからカナダへの使者というわけだった。

「それでは、たのんだよ、ハイネ君」

「おまかせください、ラフィットさん。コリンヌさんをかならず無事にルアーブルまでおつれして、船にお乗せします」

「そのあとは、北フランスをあちこち見てまわるといい。君にとっては、記事や詩の材料になるだろう」

「はい、そうさせてもらいます」

風はまだ寒いが、樹や草の緑は一日ごとに濃くなっている。花のまわりに、蜜蜂も飛ぶようになった。旅立つにはよい時季だ。

すでに荷物は馬車に積みこんであり、駅者が笞《むち》を手にして、客が乗りこむのを待っている。コリンヌは最後のあいさつをしなくてはならない。

「フランスに来てよかった。あなたたちに会えたから。三人とも、ありがとう。ほんとうにありがとう。三人とも大好きだよ」

コリンヌはジェラールに抱きついた。すこし背伸びして、ヨーロッパ一の剣士のかたい頬に、自分の頬をこすりつける。

「ジェラール准将、モントラシェと呼ばせて。お酒はほどほどにして、長生きしてね」

「マドモアゼル、それは命令かね？」

「お願いだよ」

「うむ、ではしかたない、なるべくそうしよう」

つぎにコリンヌはラフィットに抱きついた。ジェラールのときよりすこし高めに背伸びする。

「ラフィット船長、海賊は陸の上では役立たずなんていわれるけど、大嘘だね。あなたに会って、そのことがよくわかったよ」

「うれしいね、だけど、海の上だったら、まだまだ私はこんなものじゃないぞ。気をつけてお帰り、私の船でないのが残念だが」

「ありがとう。それからアレク」

コリンヌはアレクの巨体に抱きついた。アレクは大男だ。思いきり背伸びしなくてはならなかった。

「締切りはきちんと守って、借金はちゃんと返さなきゃだめだよ」

「いやだなあ、コリンヌ、それがお別れの言葉かい」

「あはは、ごめん。でも、アレク、アレクは天才なんだから、たくさんの人に作品を読んでもらう義務があるんだよ。だからたくさん書いて。ぜんぶ読むから」

「やあ、コリンヌは天才をはげます天才だな、うん、そうするとも、待っていてくれ。カナダの本屋に、ぼくの本が山積みにされる日をね」

ハイネが遠慮がちに告げた。

「コリンヌさん、そろそろいかないと」

「はい、すぐいきます」

それ以上、たがいに語ることはない。座席の扉が閉まり、馬車が走り出す。遠ざかる馬車の窓から手を振る少女を、肩を並べて三人は見送った。

ジェラールが溜息のような声を出した。

「いってしまったな」

「冬の風とともにやって来て、春の風とともにいってしまいましたね」

「なかなかうまいことをいうね、アレク、さすがに売れっ子作家だ」

ラフィットがほめると、ステッキを振りまわしながら、アレクは得意そうに胸をそらした。

「今回の旅で、ぼくは他の作家どもの想像もつかない貴重な経験をしましたからね。コリンヌはぼくにとって創作の女神さまですよ」

「アレク！　やっと見つけたわよ！」

ひびきわたる女性の声に、アレクは、ぎょっとして振り返った。何人かの若い女性がたたずむ姿を見て、一歩しりぞく。

「あっ、メラニー、マリー、ベル、それにカトリーヌまで……！」

「おいおい、何人いるんだ？」

ジェラールがつぶやくと、ラフィットが妙なことに感心した。

「ほう、みんなみごとな金髪だ、アレクの好みがよくわかる」

アレクは大きな身体をちぢめて、ジェラールとラフィットの背後に隠れようとしたが、無理な相談だった。四人の美女がアレクに向かってつめよる。しかたなく、ラフィットが、最年長らしい女性に、帽子をとって一礼した。

「失礼ですが、マダムは、アレクサンドル・デュマ氏とどのようなご関係で？」

「あたくしは、アレクの息子の母親です！」

「ははあ、なるほど、それは複雑かつ重大なご関係ですな」

ラフィットに似あわず、不得要領《ふとくようりよう》なことをいうと、ジェラールが小声で忠告した。

「深入りせんほうがいいぞ、海賊。イギリス軍やアメリカ軍みたいに、なまやさしい相手じゃない」

突然、アレクが大声をはりあげた。

「ええい、わかったわかった。アレクサンドル・デュマは男のなかの男だ。女性を泣かせるようなまねはしないぞ!」

「りっぱなご発言ですこと。あとは実行あるのみよ、アレク」

「わかってるとも」

「わかってるなら、さっさと仕事をして、あたしのお手当を支払って」

「まず養育費よ。きちんと父親の責任をはたしてくださいね」

「わかってるってば。公平にやるから、まず順番を決めよう。それじゃ、ジェラール准将、ラフィット船長、お元気で」

四人の美女にかこまれて、アレクの大きな後ろ姿が遠ざかっていく。ジェラールとラフィットはたがいに視線をかわし、どちらからともなく、腹をかかえて笑い出した。

V

さて、この物語はこれで終わるのだが、四人の主人公がその後どのような人生を送ったか、気になる読者もいるかもしれない。だから、ごく簡単に述べるとしよう。

ジャン・ラフィットはパリを拠点として、さまざまな活動をつづけた。フランスの二月革命、ウィーンでの市民蜂起による宰相メッテルニヒの追放、ポーランド独立運動など、事件のたびに彼の名がちらつく。だが、彼の名をひときわ有名にしたのは、一冊の本に関してである。

一八四七年ごろのことだが、ラフィットは、詩人ハイネの紹介でひとりのドイツ人と知りあった。そのドイツ人は危険思想の持ち主として故郷を追放され、パリに亡命してきたのだが、かなりのホラ吹きで、

「おれはペンの力で世界を変えてやる。いずれ全世界がおれの名を忘れられなくなるだろう」

と豪語してみせた。そのくせ、貧しいので、書きためた原稿を本にして出版する金もないという。

ラフィットはこの奇妙なドイツ人に興味を持ち、出版の費用を出してやった。こうして一八四八年に出版された本が、カール・マルクス著『共産党宣言《きょうさんとうせんげん》』である。後世、「世界の歴史を変えた本」といわれる『共産党宣言』は、カリブ海の海賊王ジャン・ラフィットが費用を出してやらなかったら、出版されずに終わるところだったの

だ。

ラフィットは、アメリカの奴隷制度を廃止するための運動もつづけたが、その結果を知ることなく、一八五四年に死去した。

彼の死後、百年以上たって、アメリカで『大海賊』という題名の映画がつくられ、評判になった。主人公ジャン・ラフィットを演じたのはユル・ブリンナー、彼の参謀《さんぼう》を演じたのはシャルル・ボワイエ、アメリカ軍の司令官を演じたのはチャールトン・ヘストンである。この映画は、アメリカ軍と決裂したラフィットが故郷を追われて船に乗りこみ、

「まっすぐどこまでも、夜明けをめざして」

と部下たちに命じる場面で終わっている。

エティエンヌ・ジェラールは、パリと故郷のガスコーニュとを行ったり来たりしながら、悠々と人生を送った。恩給があるので、贅沢《ぜいたく》をしなければ生活にはこまらず、うまい葡萄酒を飲みながら回想録を書くのが楽しみだった。

一八三二年、ナポレオン皇帝の皇子がウィーンで死去した。二十一歳の若さだった。彼は聡明で、亡き父を心から尊敬し、その志《こころざし》をつごうとしていたので、若すぎる死は多くの人に惜《お》しまれた。皇子に期待していたジェラールの悲しみと失望は大き

かった。

だが一八四〇年、ジェラールの待ちつづけた時がやってきた。フランスとイギリスとの間でようやく話がまとまり、ナポレオン皇帝の遺体がセントヘレナ島からパリへ帰ることになったのだ。十一月三十日、皇帝の柩は船でフランスの港に着いた。

十二月十五日、パリで盛大な葬儀がおこなわれた。かつてナポレオン皇帝のもとで戦いぬき、生きのこった将兵が、ことごとく参加したといわれる。六十歳近くになっていたジェラールも、古い軽騎兵士官の礼装に身をつつみ、年老いた戦友たちとともに柩をかついでパリの大通りを行進し、何十万人というパリ市民の歓呼をあびた。

この葬儀が終わると、もはやジェラールには思い残すこともなかった。一八五二年、ナポレオン皇帝の甥ルイ・ナポレオンがクーデターをおこして皇帝となり、「ナポレオン三世」と名乗ったときには、皮肉っぽく笑っただけで、何もいわなかった。やがてナポレオン三世の命令でパリの大改造がはじまり、古い街並みがこわされていくと、ジェラールは完全に故郷にひっこみ、一八五八年に死去した。

ジェラールの回想録はとうとう完成しなかったが、彼の死後、イギリスの作家コナン・ドイルがその生涯に興味を持ち、資料をあつめて小説にしたてた。これが『勇将ジェラールの回想』で、好評だったので続篇も書かれた。ドイルの愛読者にとって、ジェラールの名は、シャーロック・ホームズやチャレンジャー教授と並んで有名である。

アレクサンドル・デュマは、しばらく劇と小説の両方を書いていたが、やがて小説だけを書くようになった。彼は書いて書いて書きまくり、そのすべてがベストセラーになって、フランスだけでなく全世界で読まれるようになった。

アレクは、ほんとうに天才だったのだ。

彼の作品のなかで、永久に残るだろうといわれているのは、『モンテ・クリスト伯』、それに『三銃士《さんじゅうし》』とその続篇『鉄仮面』である。『三銃士』では、生まれてはじめてパリへやって来た勇敢な若者が、年長の仲間三人に助けられて、さまざまな冒険をくりひろげることになる。

アレクの活躍は、文学の世界だけにとどまらなかった。落選はしたけれど議会の選挙にも立候補したし、二月革命のときにも何かと走りまわっている。一八六〇年、イタリアをおとずれたときには、イタリア統一運動の指導者ガリバルディ将軍と意気投合し、自分の豪華ヨットや活動資金をおくって援助した。革命とか独立運動と聞くと、血がさわいでしかたなかったのだ。

アレクは大ベストセラー作家だったから、収入も多く、たいへんな富豪になった。

だが、かせぎまくる一方で、使うほうもはでだったから、アレクの手元にはさっぱり残らなかった。アレクはお城のような豪邸を建て、国王をしのぐほどの大舞踏会《だいぶとうかい》を開き、豪華な劇場まで建てた。人のいいアレクは、遠い親戚とか売れない新人作家とか、何百人もの居候《いそうろう》をかかえて、彼らに豊かな生活をさせてやった。居候たちが広間で飲めや歌えの宴会を楽しんでいるとき、アレクは書斎で机に向かい、せっせと原稿を書いているのだった。

生涯に何百万フランもかせいだはずなのに、結局、老人になったアレクは一文なしの状態で息子の家にころがりこんだ。この息子というのも、やはり作家で、「デュマ・フィス」と呼ばれ、『椿姫《つばきひめ》』という作品を書いて有名になった人である。

一八七〇年に、アレクサンドル・デュマは死去した。死ぬ前に自分の書いた『三銃士』をひさしぶりに読み返し、

「まあ、そう悪いものでもないなあ」

と、うれしそうにつぶやいたという。

コリンヌ・ド・ブリクールは、無事にカナダに帰り、母とふたりの生活をはじめた。

父の遺産はわずかなものだったが、コリンヌはケベック州総督夫人《しゅうそうとくふじん》の奨学金を受

け、「女でしかも混血のくせに」と蔭口《かげぐち》をたたかれながら勉強をつづけた。女学校の教師や女性専用の代書屋などで生計を立て、フランス語新聞に記事を書くようになった。

一八三七年、カナダの自治権の拡大を求めて「パピノーの叛乱《はんらん》」がおきる。これは宗主国イギリスの軍隊によってたちまち鎮圧《ちんあつ》されてしまった。それを見ていたコリンヌはペンによる闘いを展開する決心をし、改革と平等を求める記事を書きつづける。イギリス政府も、カナダがアメリカと手を組むことを恐れ、すこしずつ自治権を拡大していった。

一八四二年、コリンヌは自分のつとめる小さな新聞社の社主ピエール・ジョセフ・オーリックと結婚する。これ以後、彼女は「マダム・オーリック」と呼ばれるようになる。ピエールは十五歳下の妻を共同経営者兼主筆とし、夜おそくまでふたりで記事を書いた。

このころ「地下鉄道」と呼ばれる組織ができた。アメリカで虐待《ぎゃくたい》されている黒人奴隷を、奴隷制度のないカナダへ脱出させる組織である。コリンヌは夫とともに「地下鉄道」の重要メンバーとなり、ときにはアメリカ国内に潜入して、生命がけで四百人以上の奴隷を脱出させた。アメリカの奴隷所有者たちは、コリンヌの正体を正確につかめないまま、「北国の女悪魔」と呼んで彼女を激しく憎み、賞金をかけて殺そうとしたが、成功しなかった。

一八六五年、南北戦争の結果、アメリカの奴隷制度は廃止された。その二年後、カナダ連邦が成立し、自治権が確立される。

コリンヌはラフィットに代わって、アメリカの奴隷制度が廃止されるのを見とどけた。ジェラールに代わって、ナポレオン三世が没落し、フランスが共和国となり、プロイセンを中心にドイツが統一されるのを見とどけた。アレクサンドル・デュマが文豪として世界に名声をとどろかせるのも見とどけた。

多くのものを見とどけて、一八九一年にコリンヌは死去した。

……たぶん一八八〇年ごろのことだ。

北国のカナダもすっかり春めいて、サンロラン河の悠々たる流れに、うららかな陽光が降りそそいでいる。空も水面もやわらかな青色のなかに黄金色の粒子をちりばめて、もっともよい季節の到来を歌いあげるかのようだ。

墓地は丘の斜面にひろがり、サンロラン河とそのほとりに広がるケベック市を見はるかすことができる。星の形《よう》をしたシタデル要塞《さい》の城壁上で、衛兵の姿がまるで人形のようだ。

花につつまれた墓へのお参りをすませて、帽子をかぶり肩に薄いショールをかけた六十代の女性が歩いている。十歳ぐらいの少女が、並んで歩きながら声をかける。

「ねえ、おばあちゃん」

「何だい、シャルロット」

おしゃまな口調で、孫娘は祖母に問いかける。

「おばあちゃんは、おじいちゃん以外に、誰かに恋をしなかったの？」

祖母はまばたきし、いささかおおげさに肩をすくめてみせた。

「おやおや、シャルロットもそんなことを気にするようになったのかい」

「はぐらかしちゃだめ、答えて」

「そうだね、愛した人は、あんたのおじいさんだけだよ。でも……」

「でも？」

「恋した人はいたね、子どものころだけど」

「やっぱり！」

「やっぱりって？」

「おばあちゃん、綺麗《きれい》だったんでしょ？　きっと恋をしたにちがいないもの。で、どんな人？　どんな人と恋をしたの？」

孫娘の両眼に興味の光があふれる。祖母のほうは、春の光にかるく眼を細めながら、記憶をたどるようすだ。

「世界一の剣士と、世界一の海賊と、世界一の天才作家よ」

「えーと……三人も？」

「そう」

孫娘はあらたな疑問に駆られたようだ。

「どうしてその人たちと結婚しなかったの？　どうしておじいちゃんと結婚したの？」

たてつづけに質問しながら、子鹿のように祖母の周囲を飛びはねる。

「わたしは子どもでね、相手にしてもらえなかったんだよ。おとなになってから、おまえたちのおじいさんに出会ったの。おじいさんは世界一の家庭人だったからさ」

「その人たち、つまり、あんまり家庭的じゃなかったの？」

「三人とも、あんまり結婚には向いてなかったね。自由で、他人に命令されるのがきらいで、おかしいくらい自信満々で……」

「ふうん……」

孫娘は祖母を見あげた。白い墓碑《ぼひ》の列が、そろそろ終わりかけている。祖母の生々とした瞳と若やいだ頰が、孫娘の眼にはまぶしく映った。

「その人たちのこと、聞かせてくれる？」

「まだちょっと早いね」

「どうして？」

「あんたはまだ子どもでいることを楽しむ年頃だからね」

道は坂にかかっていた。サンロラン河畔の遊歩道までつづく坂道だ。十七世紀に建てられた女子修道院の鐘楼が視界にはいってくる。

差し出された孫娘の手をにぎり、坂道をゆっくり歩きながら、コリンヌは微笑した。

「あんたがもうすこし大きくなって、すてきなおとなになりたい、と思う年頃になったら聞かせてあげよう。ライン河のほとりで冬の星空をながめながら葡萄酒を飲んだ夜のことを。自分がすてきなおとなたちにかこまれているのだ、と心から感じることができた、あの夜のことをね」

ジャン・ラフィット

エティエンヌ・ジェラール

アレクサンドル・デュマ

コリンヌ・ド・ブリクール＝オーリック

一七八二年生

一八五四年没

一七八二年生

一八五八年没

一八〇二年生

一八七〇年没

一八一四年生

一八九一年没

——完——

読者の皆さんへ（ミステリーランド版）

『海底二万里《かいていにまんり》』『地底旅行《ちていりょこう》』『快傑《かいけつ》ゾロ』『三銃士《さんじゅうし》』『鉄仮面《てつかめん》』『モンテ・クリスト伯《はく》』『透明人間《とうめいにんげん》』『宇宙戦争《うちゅうせんそう》』『ドラキュラ』『バスカヴィル家《け》の犬』『失われた世界』『水滸伝《すいこでん》』『西遊記《さいゆうき》』『三国志演義《さんごくしえんぎ》』『ソロモン王の洞窟《どうくつ》』『ポンペイ最後の日』『ガリバー旅行記』『ロビンソン・クルーソー』『ゼンダ城の虜《とりこ》』……

書き並べたこれらの物語は、いずれも、子どものころ私が夢中になって読みふけったものだ。これらの物語には、じつは三つの共通点がある。

一、舞台が外国であること
二、時代が現在とべつの時代であること
三、子どもが登場しないこと

今回、光栄にもミステリーランドの仕事をさせていただくにあたって、私は、この三つの条件をそなえた物語を書こうと思った。話のつごう上、少女をひとり出さざるをえなかったが、四人の主人公のうち三人まではおとなである。あとの二つの条件については問題なくクリアできた。

私は子どものころ、自分の知っている世界を自分の知っている言葉だけで書かれた物語に、何の興味も持てなかった。だからこの作品が、私に似た読書傾向を持つ若い人たちへの、ささやかな贈り物になっているとすれば、とてもうれしい。

冒頭にあげた作品群のうちいくつかを、いつかかならず読んでいただきたい。そうすれば、物語の世界に国境などないということがよくわかるはずだ。

「英語やドイツ語には、けっして日本語に翻訳《ほんやく》できない言葉がある。だから翻訳なんて無意味だ」

などというおとながいる。国境のない世界に、わざわざ壁をつくろうとする悪いおとなに、だまされてはいけない。翻訳できない言葉より、翻訳できる言葉のほうが、ずっと多いのだから。

と、えらそうなことをいったあとで、イイワケをひとつ。

語学に精通する友人のK君に原稿をチェックしてもらったところ、モントラシェの表記は、フランス語ならモンラッシェ、英語ならモントラチェットになるはず、と指摘してくれた。修正すべきなのだが、底本《ていほん》とした「勇将《ゆうしょう》ジェラールの冒険」の訳文にモントラシェと表記してあり、その訳業に敬意と謝意を表したいと思ったこと、また私自身この表記に愛着があることから、あえて、モントラシェと表記させていただくことにした。これも翻訳というものの持つ妙味として、ご受容いただければ幸いである。

万が一にも、この作品が海外で翻訳出版されるようなことになれば、フランス人もイギリス人もドイツ人も、自国の言葉で好きなように発音してくれるだろう。そう思うと楽しいが、はて、中国語だと、どういう表記になるのかな？

最後に、とても重要なこと。

この物語を発表する機会を作者にあたえてくださったK談社の宇山《うやま》さん、その補佐にあたった唐木《からき》さんと渡邊《わたなべ》さん、そして超のつくご多忙な状態にもかかわらず、挿画《そうが》をご快諾《かいだく》いただいた鶴田《つるた》謙二《けんじ》さんに、心からの感謝を。おとなの世界には、「いっしょに仕事をする幸せ」というものがあるのだ。

二〇〇五年二月三十一日（？）

ノベルス版あとがき

かつて講談社には宇山日出臣《うやまひでおみ》という名物編集者がおられて、小説を心から愛し、ミステリーを中心に多くの若い作家を発掘・育成されました。その功績は、もし宇山さんが存在しなければ講談社ノベルスは消え、日本のミステリー史自体が大きく変わっていただろう、と確信できるほど巨大なものでした。その宇山さんが編集者として最後に企画なさったのが、諸作家の競作シリーズ『ミステリーランド』です。

声をかけていただいた私は、試行錯誤の末、この『ラインの虜囚』なる作品を書きあげ、宇山さんに「おもしろい」といっていただきました。後にこの作品が「うつのみやこども賞」なる賞を受けたとき、喜んでくださった宇山さんのお顔を、はっきりとおぼえております。さんざんお世話になり、御迷惑をかけた身としては、ほんのすこしですが、御恩返しができたように思いました。

残念ながら宇山さんは、ほどなく急逝なさり、多くの人に惜しまれていますが、今回、この作品がノベルス化されるにあたり、あらためて、宇山さんへの感謝と、『ミステリーランド』という企画の魅力とを忘れないようにしたいと思います。

さて、この作品は読んで愉《たの》しんでいただけさえすればいいのですが、すこし秘密をあかしておきます。「暁の四人組《パトロン・ミネット》」と呼ばれる悪党たちは、私が創作したものではなく、かの『レ・ミゼラブル』に登場します。御興味のある方、原作を読めなどとは申しませんので、映画、ミュージカル、アニメ、どんな媒体でもけっこうですので、お触れになってみてください。私個人としては、映画『大海賊』がDVDにならないのを残念に思っているのですが……。

また、アレクの愛人として登場する四人の女性、メラニー、マリー、ベル、カトリーヌは、すべて実在の人物です。それやこれやで、事実をまぜあわせて虚構をねりあげる愉しみを満喫できた仕事でしたが、それはあくまでも作者としての満足。読者の方々にも満足していただけますように。

災厄の年の最後の月

ラインの虜囚　参考資料

反ナポレオン考　両角良彦著　朝日新聞社
世界名作文学の旅（上）　朝日新聞社編　朝日新聞社
帆船時代のアメリカ（上）　堀元美著　朝日ソノラマ
ライン河紀行　吾郷慶一著　岩波書店
ドイツ史10講　坂井榮八郎著　岩波書店
レ・ミゼラブル　ヴィクトル・ユーゴー著／豊島与志雄訳　岩波書店
モンテ・クリスト伯　アレクサンドル・デュマ著／山内義雄訳　岩波書店
略奪の海カリブ　増田義郎著　岩波書店
マリーのケベック田舎料理　長谷川マリー著　雄鶏社
西洋故事物語　阿部知二著　河出書房新社
謎のカスパール・ハウザー　種村季弘著　河出書房新社
ワーテルロー戦役　アルバート・A・ノフィ著／諸岡良史訳　コイノニア社
大泥棒紳士館　野尻抱影著　工作舎

パリ歴史探偵術　宮下志朗著　講談社
ハプスブルク家の女たち　江村洋著　講談社
セント・ヘレナ抄　両角良彦著　講談社
パリの誘惑　村上光彦著　講談社
大陸国家の夢　安武秀岳著　講談社
もっと知りたいカナダ　綾部恒雄著　弘文堂
カナダの土地と人々　島崎博文著　古今書院
パリ名作の旅　小倉和夫著　サイマル出版会
日本を向くカナダ　岩崎力著　サイマル出版会
カナダ先住民の世界　浅井晃著　彩流社
ヴィドック回想録　フランソワ・ヴィドック著／三宅一郎訳　作品社
鉄・仮・面　ハリー・トンプソン著／月村澄枝訳　ＪＩＣＣ出版局
西洋史こぼれ話　Ｈ・Ｃ・ツァンダー著／関楠生訳　社会思想社
北米インディアン生活誌　Ｃ・ハミルトン編／和巻耿介訳　社会評論社
怪盗対名探偵　フランス・ミステリーの歴史　松村喜雄著　晶文社
ナポレオンの軽騎兵　エミール・ブカーリ著／佐藤俊之訳　新紀元社

ナポレオンの元帥たち　エミール・ブカーリ著／小牧大介訳　新紀元社
武器事典　市川定春著　新紀元社
パリの墓地　水原冬美著　新潮社
公爵と皇帝　ジョン・ストローソン著／城山三郎訳　新潮社
ライン紀行１３００キロ　秋本和彦他著　新潮社
カリブ海の海賊たち　クリントン・Ｖ・ブラック著／増田義郎訳　新潮社
人物アメリカ史（上）　ロデリック・ナッシュ著／足立康訳　新潮社
世界史に消えた海賊　武光誠著　青春出版社
思わず口ずさむなつかしい日本語の歌と詩　古橋信孝、吉田文憲監修　成美堂出版
欧米文芸登場人物事典　Ｃ・Ｉ・アジザ、Ｒ・スクトリク、Ｃ・Ｉ・オリヴィエリ著／中村栄子編訳　大修館書店
メディア都市パリ　山田登世子著　筑摩書房
カナダ歴史紀行　木村和男著　筑摩書房
ブルジョワの世紀　世界の歴史12　井上幸治編　中央公論社
近代ヨーロッパの情熱と苦悩　世界の歴史22　谷川稔他著　中央公論新社
パリ時間旅行　鹿島茂著　中央公論新社

歴代アメリカ大統領総覧　高崎通浩著　中央公論新社
大都会の夜　ヨアヒム・シュレーア著／平田達治、我田広之、近藤直美訳　鳥影社
ドイツ・オカルト事典　佐藤恵三編著　同学社
勇将ジェラールの回想　コナン・ドイル著／上野景福訳　東京創元社
勇将ジェラールの冒険　コナン・ドイル著／上野景福訳　東京創元社
コナン・ドイル　ジュリアン・シモンズ著／深町眞理子訳　東京創元社
世界文学鑑賞辞典2　根津憲三編　東京堂出版
図説海賊大全　デイヴィッド・コーディングリ編／増田義郎、竹内和世訳　東洋書林
図説プロイセンの歴史　セバスチァン・ハフナー著／魚住昌良監訳／川口由紀子訳　東洋書林
女海賊大全　ジョー・スタンリー編著／竹内和世訳　東洋書林
モントリオール憂愁と復活　瀬藤澄彦著　日本貿易振興会
パリ史の裏通り　堀井敏夫著　白水社
職業別パリ風俗　鹿島茂著　白水社
ワーテルロー　フレデリック・E・スミス著／向後英一訳　早川書房
『鉄仮面』の秘密　マルセル・パニョル著／佐藤房吉訳　評論社

国民西洋歴史　柴田親雄著　冨山房
パリの王様たち　鹿島茂著　文藝春秋
「レ・ミゼラブル」百六景　鹿島茂著　文藝春秋
ナポレオン・ミステリー　倉田保雄著　文藝春秋
「アメリカ」の作り方　歴史探検隊著　文藝春秋
ゲーテとベートーヴェン　青木やよひ著　平凡社
馬車の歴史　ラスロー・タール著／野中邦子訳　平凡社
読書の首都パリ　宮下志朗著　みすず書房
海事史の舞台　別枝達夫著　みすず書房
フランス近代史　服部春彦、谷川稔編著　ミネルヴァ書房
ドイツ史2　成瀬治他編　山川出版社
ドイツ・オーストリア　坂井榮八郎著　山川出版社
ナポレオン伝説とパリ　杉本淑彦著　山川出版社
ドイツの歴史　木村靖二編　有斐閣
ナポレオン　長塚隆二著　読売新聞社

解説　新たなる名作

二階堂黎人（小説家）

1　登場人物のことなど

大冒険、波瀾万丈、恐ろしい陰謀、ドラマチックな剣劇、大いなる秘密、暗躍する悪党、ロマンス――こういった言葉のどれか一つでも気になる人は、ぜひこの『ラインの虜囚』を読んでいただきたい。何故《なぜ》なら、そうした要素がすべて詰まった、珠玉の歴史冒険小説だからだ。

実際のところ、この冒険譚を読むのに、これ以上の予備知識は要らない。読み始めたら、ページをめくる手が止まらないほど面白くて、それは、この小説の作者・田中芳樹の他の作品――たとえば、『銀河英雄伝説』シリーズ――などとまったく同じなのである。

――それでも、背景や登場人物、あるいは作者のことなどを、もう少し知りたいという人のために、以下の情報を提供しよう。

物語の時代は、一八三〇年。舞台は、フランスはパリの街から始まり、ドイツとの国境を流れるライン河沿いにある古城へと移っていく。

フランスでは、一八一四年に皇帝ナポレオンが失墜し、その年にルイ十八世が即位して王政復古を遂げる。しかし、後を継いだシャルル十世の古臭い政治に市民が怒り、一八三〇年に七月革命を起こす。そして、中産階級が推したルイ・フィリップが王位に即《つ》くという、まさに混乱の時期だった。

主人公は、カナダからパリにやって来たコリンヌという少女。父親の不名誉を拭《ぬぐ》うために財産家の祖父に会うのだが、偏屈な祖父は、遺産相続の問題もあり、彼女に無理難題を押しつける。ライン河畔の古城に幽閉されている、謎の人物の正体を暴けと言うのだ――。

こうして、旅立ったコリンヌは、ひょんなことから、三人の男性を味方に付ける。若き自称天才作家アレク、義賊ラフィット、酔いどれ剣士モントラシェの三人なのだが、彼らがまた非常に興味深い身分を持っている。

まず、アレクというのは、アレクサンドル・デュマのこと。「三銃士」や「鉄仮面」を含む『ダルタニャン物語』（講談社文庫他）、復讐《ふくしゅう》奇譚の『モンテ・クリスト伯』（岩波文庫他）、マリー・アントワネットを中心とするフランス革命の子細を描いた『王妃の首飾り』（創元推理文庫）などを書いた、フランス一の大文豪の若き姿だ。デュマは、劇の脚本や新聞小説を次々に書き殴ってヒットさせ、巨万の富を得て〈モンテ・クリスト城〉という豪邸を建てると、毎夜、贅沢《ぜいたく》なパーティーを開いて誰彼かまわず大盤振る舞いをし、多くの女優と浮き名を流した。それで一時のデュマは、〈パリの王様〉と呼ばれていた。しかし、豪華な生活に淫《いん》しすぎて、いつも借金取りに追われており、死んだ時には財産はほとんど残っていなかった。

そんなデュマの代表作である『ダルタニャン物語』は、田舎出《いなかで》の青年騎士ダルタニャンが、パリの街で百戦錬磨の騎士である〈三銃士〉たちと友情を結び、彼らと共に、ヨーロッパ中を巻きこむ大陰謀に立ち向かうという痛快無比の物語だ。〈三銃士〉というのは、最年長で思慮深いアトス、大柄で力持ちで見栄っ張りのポルトス、神学者で策謀家のアラミスの三人。彼らが指導者として、そして、良き友人として、ダルタニャンを一人前の騎士に育てていく。で、彼ら四人が出会う事件の一つが「鉄仮面」である。絶対にはずせない鉄の仮面を被《かぶ》せられた男が、ある牢獄《ろうごく》に収監されている。その男がもしや、ルイ十四世の双子の兄弟ではないかという疑惑が生じる。もしも、鉄仮面の正体が本当にそのとおりなら、彼を利用して国を転覆させることも可能になるため、悪人たちが陰謀を企てるのである。

――こう書けば解《わか》るとおり、この『ラインの虜囚』の人物設定の面では、どうやら『ダルタニャン物語』からいくらかの影響を受けているようだ。

次にラフィットだが、英米西の三国を敵に回して戦った、稀代《きたい》の海賊ジャン・ラフィットのこと。もともとは、一番有名な〈カリブの海賊〉であったが、アメリカがイギリスに対して独立戦争を仕掛けた時に、ラフィットを筆頭とする船の操作や戦いに長《た》けた海賊たちを、海軍として取り込もうとした。けれども、味方となったラフィットを、あとでアメリカが裏切り、イギリスやスペイン共々、犯罪者として追いかけ回したのである。

酔いどれ剣士モントラシェの正体は――これがまた、心憎い設定なのだが――皇帝ナポレオンの下で、勇将として名を馳《は》せたジェラール准将《じゅんしょう》である。といっても、前の二人が実在の人物であるのに対して、彼は架空の人間だ。シャーロック・ホームズの探偵譚で有名な作者コナン・ドイルは、実は史劇を描きたくてたまらなかった。そこで発表したのが、『勇将ジェラールの冒険』（創元推理文庫）と『勇将ジェラールの回想』（創元推理文庫）の二長編であった。

こんな一癖も二癖もある三人の男たちが、勝ち気な少女コリンヌの庇護者《ひごしゃ》として冒険の旅に加わるのだから、話が面白くならないわけがない。

2　作者のことなど

ところで、ぼくは高校生の頃——ああ、四十年も前のことになる——「幻影城《げんえいじょう》」という探偵小説専門誌を毎月、夢中になって読んでいた。この雑誌はなかなかたいしたもので、横溝正史《よこみぞせいし》や鮎川哲也《あゆかわてつや》の新作が載っていたりした。さらに、新人の育成にも熱心で、泡坂妻夫《あわさかつまお》、竹本健治《たけもとけんじ》、連城三紀彦《れんじょうみきひこ》、栗本薫《くりもとかおる》などを——のちの著名作家を——世に送り出した。

新人賞も設立しており、その第三回（一九七八年）の入選者が、連城三紀彦ともう一人、李家豊《りのいえゆたか》だった。ぼくは、李家豊の入選作「緑の草原に……」が堂々たるＳＦだったので、大いに驚いた。探偵小説の賞にＳＦを投じる人も凄《すご》いが、それを入選させる方も凄いと、妙に感心したのを覚えている。

だから、「幻影城」に掲載された李家豊の新作を、ぼくはかかさず読んでいた。が、残念ながら、「幻影城」が休刊して、彼は活動の場を一時的に失う。しばらく、名前を見ないなあと思っていたら、一九八一年に長編『白夜の弔鐘《ちょうしょう》』(徳間書店)が発表された。これがフランスやソ連やベーリング海を舞台にした、アクションとスパイとテロの入り混じった力作で、ぼくはまたびっくりした。

そして、この作者は、一九八二年に田中芳樹と改名して(ペンネームの落差に、またまた驚いた!)、書き下ろしのSF長編——そう、あの『銀河英雄伝説1—黎明篇』(徳間書店)を発表した。これがたちまち大ベストセラーとなり、超一流作家としての疾風怒濤《しっぷうどとう》の活躍が始まったのである。

『銀河英雄伝説』は、題名どおり、銀河系中を舞台にした気宇壮大な叙事詩で、最終的に全十巻と別巻五巻を数えた。さらに、マンガ、アニメ、ゲーム、同人誌など様々なメディアへと拡大して、現在もなお、たくさんのファンを生み出し続けている。

他にも田中芳樹は、『創竜伝』(講談社)や『アルスラーン戦記』(光文社)、『マヴァール年代記』(東京創元社)、『薬師寺涼子の怪奇事件簿』(講談社他)、『タイタニア』(講談社)、『夏の魔術』(講談社)など、SFだけではなく、いろいろなジャンルのシリーズを書いている。いずれも根強い人気があるのは、言うまでもない。

『ラインの虜囚』以降の作品で私が好きなシリーズは、「ヴィクトリア朝怪奇冒険譚三部作」である。『ラインの虜囚』と同じく、ジュブナイル（ヤングアダルト向け）の歴史冒険ものであり、実はまだ、二冊目までしか出ていない（二〇一七年一月現在）。『月蝕島《げっしょくとう》の魔物』（東京創元社）と『髑髏城《どくろじょう》の花嫁』（東京創元社）がそれであり、こちらは、十九世紀の活気に満ちたヴィクトリア朝のイギリスが舞台だ。『月蝕島の魔物』には、ディケンズやアンデルセンが出てくるので、読んでいて、ついニヤニヤしてしまう。

３　『ラインの虜囚』のことなど

かつて子どもだったあなたと少年少女のために――というコンセプトで、二〇〇三年から二〇一六年まで、講談社が〈ミステリーランド〉という少年少女向けのシリーズを刊行した。背のない箱入りという変わった（豪華と言えば豪華な）装丁で、執筆者は、大人気の新本格ミステリー作家――島田《しまだ》荘司《そうじ》、綾辻行人《あやつじゆきと》、歌野《うたの》晶午《しょうご》、有栖川有《ありすがわあり》栖《す》、篠田《しの》真由美《だまゆみ》など――が中心だった。

その第七回配本（二〇〇五年七月）に、田中芳樹の『ラインの虜囚』（イラスト・

鶴田謙二《つるたけんじ》）が入っていた。

実を言えば、ぼくもこのシリーズに『カーの復讐』というアルセーヌ・ルパンのパスティーシュを書いていたので、出る作品全部を読んでいた。その中でも、『ラインの虜囚』は随一の面白さであり、デュマやジュール・ベルヌなどが大好きなぼくの、読書家としての琴線を振るわせるような内容だった。

『ラインの虜囚』の箱には、惹句として「不朽の名作いま誕生。」と書かれたシールが貼られていたが、読了したぼくは、その宣伝に嘘はなかったと、大いに共感したのである。

（敬称略）

本書は二〇〇五年七月に小社より「ミステリーランド」として、
二〇一二年十月に講談社ノベルスとして刊行されたものです。

|著者|田中芳樹　1952年熊本県生まれ。学習院大学大学院修了。'77年『緑の草原に……』で第3回幻影城新人賞、'88年『銀河英雄伝説』で第19回星雲賞、2006年『ラインの虜囚』で第22回うつのみやこども賞を受賞。壮大なスケールと緻密な構成で、SFロマンから中国歴史小説まで幅広く執筆を行う。著書に『創竜伝』シリーズ、『銀河英雄伝説』シリーズ、『タイタニア』シリーズ、『薬師寺涼子の怪奇事件簿』シリーズ、『岳飛伝』シリーズ、『アルスラーン戦記』シリーズなど多数。

ラインの虜囚《りよしゆう》
田中芳樹《たなかよしき》
© Yoshiki Tanaka 2017

講談社文庫
定価はカバーに
表示してあります

2017年1月13日第1刷発行

発行者――鈴木　哲
発行所――株式会社　講談社
東京都文京区音羽2-12-21　〒112-8001
電話　出版（03）5395-3510
　　　販売（03）5395-5817
　　　業務（03）5395-3615

デザイン―菊地信義
本文データ制作―講談社デジタル製作
印刷―――株式会社精興社
製本―――加藤製本株式会社

Printed in Japan

落丁本・乱丁本は購入書店名を明記のうえ、小社業務あてにお送りください。送料は小社負担にてお取替えします。なお、この本の内容についてのお問い合わせは講談社文庫あてにお願いいたします。
本書のコピー、スキャン、デジタル化等の無断複製は著作権法上での例外を除き禁じられています。本書を代行業者等の第三者に依頼してスキャンやデジタル化することはたとえ個人や家庭内の利用でも著作権法違反です。

ISBN978-4-06-293576-0

講談社文庫刊行の辞

二十一世紀の到来を目睫に望みながら、われわれはいま、人類史上かつて例を見ない巨大な転換期をむかえようとしている。

世界も、日本も、激動の予兆に対する期待とおののきを内に蔵して、未知の時代に歩み入ろうとしている。このときにあたり、創業の人野間清治の「ナショナル・エデュケイター」への志を現代に甦らせようと意図して、われわれはここに古今の文芸作品はいうまでもなく、ひろく人文・社会・自然の諸科学から東西の名著を網羅する、新しい綜合文庫の発刊を決意した。

激動の転換期はまた断絶の時代である。われわれは戦後二十五年間の出版文化のありかたへの深い反省をこめて、この断絶の時代にあえて人間的な持続を求めようとする。いたずらに浮薄な商業主義のあだ花を追い求めることなく、長期にわたって良書に生命をあたえようとつとめるところにしか、今後の出版文化の真の繁栄はあり得ないと信じるからである。

同時にわれわれはこの綜合文庫の刊行を通じて、人文・社会・自然の諸科学が、結局人間の学にほかならないことを立証しようと願っている。かつて知識とは、「汝自身を知る」ことにつきていた。現代社会の瑣末な情報の氾濫のなかから、力強い知識の源泉を掘り起し、技術文明のただなかに、生きた人間の姿を復活させること。それこそわれわれの切なる希求である。

われわれは権威に盲従せず、俗流に媚びることなく、渾然一体となって日本の「草の根」をかたちづくる若く新しい世代の人々に、心をこめてこの新しい綜合文庫をおくり届けたい。それは知識の泉であるとともに感受性のふるさとであり、もっとも有機的に組織され、社会に開かれた万人のための大学をめざしている。大方の支援と協力を衷心より切望してやまない。

一九七一年七月

野間省一

講談社文庫 最新刊

西 加奈子　**舞台**

旅の初日に盗難で無一文に！ 自意識過剰な青年の馬鹿馬鹿しくも切ない魂のドラマ。

矢月秀作　**ACT2《アクト》 告発者**〈警視庁特別潜入捜査班〉

製薬会社の陰謀と巨大な金に蠢く闇。命がけの〝潜入捜査《アクト》〟が始まる。〈文庫オリジナル〉

香月日輪　**地獄堂霊界通信⑦**

女子高生を狙った陰惨な殺人事件が起きた。三田村巡査が被害者の霊に取り憑かれた!?

風野真知雄　**隠密 味見方同心(七)**〈絵巻寿司〉

魚之進を襲った同僚同心が自ら命を絶つ。大人気シリーズは不穏の展開。〈文庫書下ろし〉

長谷川 卓　**獄神伝《がくじんでん》 鬼哭《きこく》 (上)(下)**

長尾景虎が出奔。その命を狙う武田最凶の忍びと山の者の死闘が始まる。〈文庫書下ろし〉

田中芳樹　**ラインの虜囚**

奇怪な塔に幽閉された男の謎に、フランスへやって来た異国の少女が迫る。名作冒険小説。

森 博嗣　**女王の百年密室**〈GOD SAVE THE QUEEN〉

時は二一一三年、壮大な密室を舞台に生と死の本質に迫る、伝説の百年シリーズ第一作。

大倉崇裕　**蜂に魅《ひ》かれた容疑者**〈警視庁いきもの係〉

窓際警部補と新米巡査の「警視庁いきもの係」コンビが、蜂を凶器にした殺人事件に挑む。

吉川英梨　**烈 渦**〈新東京水上警察〉

船内密室不審死が勃発。台風迫る中、碇拓真《いかりたくま》ら水上警察は湾内を奔走する！〈書下ろし〉

植西 聰《あきら》　**がんばらない生き方**

がんばりすぎてツライ人、必読。「80パーセント主義」で人生がうまくいく！〈文庫書下ろし〉

講談社文庫 最新刊

平岩弓枝
新装版 はやぶさ新八御用帳(二)〈江戸の海賊〉
怪文書の謎、御用船を襲った海賊とは？ 水路の町「江戸」に蠢く闇を隼新八郎が斬る！

鏑木 蓮
京都西陣シェアハウス〈憎まれ天使・有村志穂〉
お節介な女子大生・志穂が崖っぷちのワケアリ住人たちに奇跡を起こす、人情ミステリー。

新野剛志
美しい家
見知らぬ女が語ったスパイ学校の正体は。喪《うしな》った家族が人を追い詰める、傑作ミステリー。

芝村涼也
追憶の翰《かん》〈素浪人半四郎百鬼夜行(拾遺)〉
噴煙の向こうに消えた半四郎は何処《いずこ》へ？ 各界絶賛の伝奇時代小説、遂に完結！〈書下ろし〉

本城雅人
贅沢のススメ
その男は、なぜ高級で売る業種ばかりを狙うのか？ スリルと幸福に満ちた異色の買収劇！

睦月影郎
快楽のグルメ
平凡な中年男に突然訪れた愛欲の日々。五官でエロスを味わう官能小説。〈文庫書下ろし〉

武田葉月
横 綱
初代若乃花から鶴竜まで。大相撲の頂点を極めた男たち22人の貴重なインタビュー集！

本格ミステリ作家クラブ・編
墓守刑事の昔語り〈本格短編ベスト・セレクション〉
この短編ミステリはすごい！ プロが厳選したベスト・オブ・ベスト・アンソロジー。

ロバート・ゴダード
北田絵里子 訳
謀略の都(上)(下)〈1919年三部作①〉
第一次大戦後の混沌を生き抜け！ 歴史ミステリの匠《たくみ》が贈るスパイ小説新シリーズ開幕。

講談社文芸文庫

松浦寿輝

幽 花腐し

初めての小説「シャンチーの宵」、芥川賞候補作「幽」、同受賞作「花腐し」他全六篇。悲哀と官能が薫る文体の魔力で、読む者の心を鷲掴みにする秀逸な初期作品集。

解説=三浦雅士、年譜=著者

まJ2
978-4-06-290335-6

辻 邦生

黄金の時刻《とき》の滴り

東西の文豪たちを創作へと突き動かしてきた思いの根源に迫る十二の物語。永遠の美の探求者が研き上げた典雅な文体で紡ぎ出す、瑞々しい詩情あふれる傑作小説集。

解説=中条省平、年譜=井上明久

つC2
978-4-06-290334-9

三木 清 大澤 聡 編

三木清教養論集

ファシズムが台頭する昭和初期、のびやかに思考し時代と共に息づく教養の重要性を説いた孤高の哲学者。その思想に、読書論・教養論・知性論の三部構成で迫る。

解説=大澤 聡、年譜=柿谷浩一

みL2
978-4-06-290336-3

講談社文芸文庫ワイド

不朽の名作を一回り大きい活字と判型で

永井荷風

日和下駄 一名 東京散策記

消えゆく東京の町を記し、江戸の往時を偲ぶ荷風随筆の名作。

解説=川本三郎、年譜=竹盛天雄

(ワ)なA1
978-4-06-295511-9

田中芳樹　夏の魔術
田中芳樹　窓辺には夜の歌
田中芳樹　書物の森でつまずいて……
田中芳樹　白い迷宮
田中芳樹　春の魔術
田中芳樹　タイタニア1〈疾風篇〉
田中芳樹　タイタニア2〈暴風篇〉
田中芳樹　タイタニア3〈旋風篇〉
田中芳樹　幸田露伴 原作　運命〈二人の皇帝〉
田中芳樹　土屋守　「イギリス病」のすすめ
田中芳樹ほか 文　皇名月 画・文　中国帝王図
田中芳樹　赤城毅　中欧怪奇紀行
田中芳樹 編訳　岳飛伝(一)〈青雲篇〉
田中芳樹 編訳　岳飛伝(二)〈烽火篇〉
田中芳樹 編訳　岳飛伝(三)〈風塵篇〉
田中芳樹 編訳　岳飛伝(四)〈悲曲篇〉
田中芳樹 編訳　岳飛伝(五)〈凱歌篇〉
高任和夫　架空取引
高任和夫　粉飾決算

高任和夫　告発倒産
高任和夫　商社審査部25時〈知られざる戦士たち〉
高任和夫　起業前夜(上)(下)
高任和夫　燃える氷(上)(下)
高任和夫　債権奪還
高任和夫　生き方の流儀〈28人の達人たちに訊く〉
高任和夫　敗者復活戦
高任和夫　江戸幕府最後の改革
高任和夫　貨幣の鬼〈勘定奉行 荻原重秀〉
谷村志穂　十四歳のエンゲージ
谷村志穂　十六歳たちの夜
谷村志穂　レッスンズ
谷村志穂　黒髪
高村薫　李歐《りおう》
高村薫　マークスの山(上)(下)
高村薫　照柿(上)(下)
多和田葉子　犬婿入り
多和田葉子　旅をする裸の眼
多和田葉子　尼僧とキューピッドの弓

岳宏一郎　蓮如夏の嵐(上)(下)
岳宏一郎　御家の狗
武豊　この馬に聞いた！ フランス激闘編
武豊　この馬に聞いた！ 炎の復活凱旋編
武豊　この馬に聞いた！ 大外強襲編
武田圭　南海楽園〈タヒチ、バリ、モルジブ……サーフィン一人旅〉
武田圭　波を求めて世界の海へ〈南海楽園2〉
高橋直樹　湖賊の風
橘蓮二　監修・高田文夫　大増補版おあとがよろしいようで〈東京寄席往来〉
多田容子　柳影
多田容子　女剣士・一子相伝の影
田島優子　女検事ほど面白い仕事はない
高田崇史　QED〈百人一首の呪〉
高田崇史　QED〈六歌仙の暗号〉
高田崇史　QED〈ベイカー街の問題〉
高田崇史　QED〈東照宮の怨〉
高田崇史　QED〈式の密室〉
高田崇史　QED〈竹取伝説〉
高田崇史　QED〈龍馬暗殺〉

高野秀行・角幡唯介　地図のない場所で眠りたい
竹田聡一郎　ビーサン!!〈15万円ぽっち ワールドサッカー観戦旅〉
田牧大和　花合せ〈濱次お役者双六〉
田牧大和　質草破り〈濱次お役者双六 二ます目〉
田牧大和　翔ぶ梅〈濱次お役者双六 三ます目〉
田牧大和　半可心中〈濱次お役者双六〉
田牧大和　長屋狂言〈濱次お役者双六〉
田牧大和　三悪人
田牧大和　泣き菩薩
田牧大和　身をつくし〈清四郎よろづ屋始末〉
田牧大和　錠前破り、銀太
田丸公美子　シモネッタの本能三昧イタリア紀行
竹内明　秘匿捜査〈警視庁公安部スパイハンターの真実〉
高殿円　カーリー〈I.黄金の尖塔の国とあひると小公女〉
高殿円　カーリー〈II.二十一発の祝砲とプリンセスの休日〉
高殿円　カーリー〈III.孵化《ふか》する恋と帝国の終焉〉
高殿円　メサイア〈警備局特別公安五係〉
田中慎弥　犬と鴉
高野史緒　カント・アンジェリコ

高野史緒　カラマーゾフの妹
瀧本哲史　僕は君たちに武器を配りたい〈エッセンシャル版〉
竹吉優輔　襲名犯
高田大介　図書館の魔女　第一巻　第二巻
高田大介　図書館の魔女　第三巻　第四巻
陳舜臣　中国五千年(上)(下)
陳舜臣　中国の歴史全七冊
陳舜臣　中国の歴史　近・現代篇(一)(二)
陳舜臣　小説十八史略全六冊
陳舜臣　獅子は死なず
陳舜臣　小説十八史略 傑作短篇集
陳舜臣　神戸　わがふるさと
陳舜臣　新装版 新西遊記(上)(下)
陳舜臣　新装版 阿片戦争全四冊
陳舜臣　琉球の風(上)(下)〈レジェンド歴史時代小説〉
張《チャン》仁《イン》淑《スク》　凍れる河を超えて(上)(下)
千早茜　森の家
筒井康隆　ウィークエンド・シャッフル
筒井康隆ほか12名　名探偵登場!

津島佑子　火の山─山猿記(上)(下)
津島佑子　黄金の夢の歌
津村節子　智恵子飛ぶ
津村節子　菊日和
津村節子　遍路みち
津村節子　三陸の海
津本陽　塚原卜伝十二番勝負
津本陽　拳豪伝
津本陽　修羅の剣(上)(下)
津本陽　勝つ極意生きる極意
津本陽　下天は夢か全四冊
津本陽　鎮西八郎為朝
津本陽　幕末剣客伝
津本陽　武田信玄全三冊
津本陽　乱世、夢幻の如し(上)(下)
津本陽　前田利家全三冊
津本陽　加賀百万石
津本陽　真田忍俠記(上)(下)
津本陽　歴史に学ぶ

津本 陽 おおとりは空に
津本 陽 本能寺の変
津本 陽 武蔵と五輪書
津本 陽 幕末御用盗
津村秀介 洞爺湖殺人事件
津村秀介 水戸の偽証〈三島着10時31分の死者〉
津村秀介 浜名湖殺人事件〈富士―博多間37時間30分の謎〉
津村秀介 琵琶湖殺人事件〈ハイパー有明14号「13時45分」の死角〉
津村秀介 猪苗代湖殺人事件
津村秀介 白樺湖殺人事件〈L特急「あずさ13号」空白の接点〉
司城志朗 恋 ゆ う れ い
土屋賢二 哲学者かく笑えり
土屋賢二 ツチヤ学部長の弁明
土屋賢二 人間は考えても無駄である〈ツチヤの変客万来〉
土屋賢二 純粋ツチヤ批判
塚本青史 呂 后
塚本青史 王 莽
塚本青史 光 武 帝 (上)(中)(下)
塚本青史 張 騫

塚本青史 凱《がい》歌《か》の後《のち》
塚本青史 始 皇 帝
塚本青史 三国志 曹操伝 上〈落暉の洛陽〉
塚本青史 三国志 曹操伝 中〈群雄の彷徨〉
塚本青史 三国志 曹操伝 下〈赤壁に決す〉
辻原 登 マノンの肉体
辻原 登 円朝芝居噺 夫婦幽霊
辻原 登 寂しい丘で狩りをする
辻村深月 冷たい校舎の時は止まる (上)(下)
辻村深月 子どもたちは夜と遊ぶ (上)(下)
辻村深月 凍りのくじら
辻村深月 ぼくのメジャースプーン
辻村深月 スロウハイツの神様 (上)(下)
辻村深月 名前探しの放課後 (上)(下)
辻村深月 ロードムービー
辻村深月 ゼロ、ハチ、ゼロ、ナナ。
辻村深月 V. T. R.
辻村深月 光待つ場所へ
辻村深月 ネオカル日和

辻村深月 島はぼくらと
新川直司 漫画 辻村深月 原作 コミック 冷たい校舎の時は止まる (上)(下)
常光 徹 学 校 の 怪 談〈K峠のうわさ〉
常光 徹 学 校 の 怪 談〈百円のビデオ〉
坪内祐三 ストリートワイズ
津村記久子 ポトスライムの舟
津村記久子 カソウスキの行方
恒川光太郎 竜が最後に帰る場所
月村了衛 神子《みこ》上《がみ》典《てん》膳《ぜん》
出久根達郎 佃島ふたり書房
出久根達郎 たとえばの楽しみ
出久根達郎 おんな飛脚人
出久根達郎 世直し大明神〈おんな飛脚人〉
出久根達郎 御書物同心日記
出久根達郎 続 御書物同心日記
出久根達郎 御書物同心日記 虫姫
出久根達郎 土竜《もぐら》
出久根達郎 俥《くるま》宿《やど》
出久根達郎 二十歳のあとさき

出久根達郎　逢わばや見ばや 完結編
出久根達郎　作家の値段
フランソワ・デュボワ　太極拳が教えてくれた人生の宝物〈中国・武当山90日間修行の記〉
戸川昌子　新装版 猟人日記
土居良一　海翁伝
土居良一　修徳記〈直参松前八兵衛〉
土居良一　京都花暦〈直参松前八兵衛〉
ドウス昌代　イサム・ノグチ(上)(下)〈宿命の越境者〉
童門冬二　戦国武将の宣伝術〈隠された名将のコミュニケーション戦略〉
童門冬二　日本の復興者たち
童門冬二　夜明け前の女たち
童門冬二　改革者に学ぶ人生論〈江戸グローカルの偉人たち〉
童門冬二　佐久間象山〈幕末の明星〉
童門冬二　項羽と劉邦〈知と情の組織術〉
鳥井架南子　風の鍵《キー》
鳥羽　亮　警視庁捜査一課南平《なんぺい》班
鳥羽　亮　三鬼の剣
鳥羽　亮　広域指定127号事件〈警視庁捜査一課南平班〉
鳥羽　亮　刑《デ》事《カ》魂〈警視庁捜査一課南平班〉
鳥羽　亮　隠《おぬ》猿《ざる》の剣
鳥羽　亮　鱗光の剣〈深川群狼伝〉
鳥羽　亮　蛮骨の剣
鳥羽　亮　妖鬼の剣
鳥羽　亮　秘剣鬼の骨
鳥羽　亮　浮舟の剣
鳥羽　亮　青江鬼丸夢想剣
鳥羽　亮　双つ龍〈青江鬼丸夢想剣〉
鳥羽　亮　吉宗謀殺〈青江鬼丸夢想剣〉
鳥羽　亮　風来の剣
鳥羽　亮　影笛の剣
鳥羽　亮　波之助推理日記
鳥羽　亮　からくり小僧〈波之助推理日記〉
鳥羽　亮　天狗の塒《ねぐら》〈波之助推理日記〉
鳥羽　亮　遠山桜〈影与力嵐八九郎〉
鳥羽　亮　浮世の果て〈影与力嵐八九郎〉
鳥羽　亮　鬼剣〈影与力嵐八九郎〉
鳥羽　亮　疾風《はやて》剣《けん》谺《こだま》返し〈深川狼虎伝〉
鳥羽　亮　修羅剣雷《いかずち》斬り〈深川狼虎伝〉
鳥羽　亮　狼《ろう》虎《こ》血《けっ》闘《とう》〈深川狼虎伝〉
鳥羽　亮　御隠居剣法〈駆込み宿 影始末(一)〉
鳥羽　亮　ねむり鬼《き》剣《けん》〈駆込み宿 影始末〉
鳥羽　亮　霞隠れの女〈駆込み宿 影始末〉
鳥羽　亮　のっとり奥坊主〈駆込み宿 影始末〉
鳥越　碧　一葉
鳥越　碧　漱石の妻
鳥越　碧　兄いもうと〈子規庵日記〉
鳥越　碧　花筏 谷崎潤一郎・松子 たゆたう記
東郷　隆　御町見役うずら伝右衛門(上)(下)
東郷　隆　御町見役うずら伝右衛門・町あるき
東郷　隆　銃士伝
東郷　隆　センゴク兄弟
東郷　隆　南天
東郷　隆　蛇の王(上)(下)〈ナーガ・ラージ〉
東郷　隆　定吉七《セブン》番の復活
東郷隆　上田信絵　【絵解き】戦国武士の合戦心得〈歴史・時代小説ファン必携〉
東郷隆　上田信絵　【絵解き】雑兵足軽たちの戦い〈歴史・時代小説ファン必携〉
戸田郁子　ソウルは今日も快晴〈日韓結婚物語〉

2016年12月15日現在